◆綜《そう》志《し》郎《ろう》

末の皇子。出生を隠されて、終也の弟として育てられた。

◆薫《かおる》子《こ》

終也の母。帝の娘――皇女であったが

終也の存在を受け入れることが出来

◆綾《りょう》（十織家、先代）

終也の父で、特別な機織でもあった。

愛していた。

◆六《む》久《く》野《の》恭司《きょうじ》

終也の友人。かつて神在であったが

ている。

◆志貴《しき》

《悪しきもの》により火傷を負っている皇子。

家系図

はるか昔、国生みのとき、
一番から百番までの神が
産声をあげたという。
その一柱、一柱を始祖とし、
いまだ所有している一族を、
此の国では神在と呼ぶ。

七伏

智弦
従兄妹
真緒

十織

綾（先代）

終也
志津香
綜志郎

先帝

妃

薫子

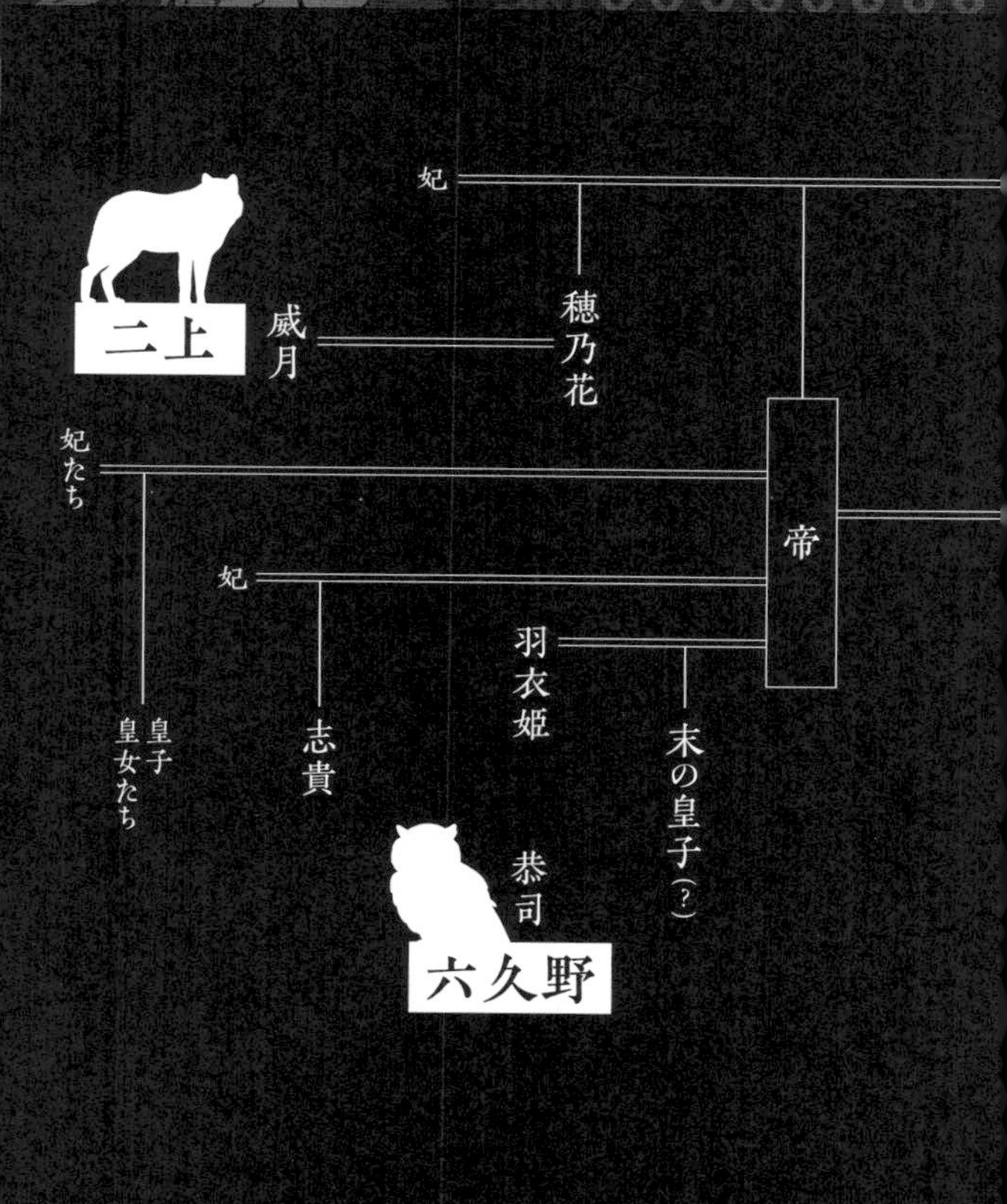
妃
二上
威月
穂乃花
妃たち
帝
妃
羽衣姫
皇子
皇女たち
志貴
末の皇子(?)
恭司
六久野

イラスト／白谷ゆう

十番様《じゅうばんさま》の縁結《えんむす》び
6
神在花嫁綺譚《かみありはなよめきたん》

序

庭の緑を濃くするように、冷たい雨が降っていた。

帝都《ていと》、帝《みかど》のおわす宮中。

六久野《むくの》恭司《きょうじ》に与えられた一郭《いっかく》に、その庭はあった。

ひときわ目を引くのは、此《こ》の国に古くから根付く楓《かえで》と、その下にある外つ国《とつくに》で生まれた薔薇《ばら》の生け垣である。寄り添うように植えられた植物は、不思議な取り合わせであったが、妙にしっくりくる。

まるで、この庭をつくらせた女の心が透けているかのようだ。

籠《かご》の鳥として生きながらも、心だけは、宮中の誰よりも自由であった人だ。

故郷と一族を亡ぼした仇《かたき》を愛し、同じ傷を負った同胞《どうほう》を愛し、そして、腹に宿った赤子のことを愛しながら、死出《しで》の旅に向かった人だった。

（羽衣姫《ういひめ》様。いまは亡き、帝と恭司様の愛した人）

真緒《まお》が生まれるよりも前に、亡くなった姫君だった。

帝の妃《きさき》であり、末の皇子――綜志郎《そうしろう》の母であった彼女は、いま生きていたとしたら、何を思うだろうか。

死者は還《かえ》らない。

どのような神にも、人を生き返らせることだけはできない。

故に、彼女の遺《のこ》してくれたものから、その想いを汲《く》み取ろうとするしかなかった。

「恭司様」

薔薇の生け垣の前に、恭司は佇《たたず》んでいた。

傘の陰から見える横顔は、かつて終也《しゅうや》が語ったように、凛《りん》と美しく、強さに満ちていた。おそらく、恭司の覚悟が決まっているから、そう見えるのだ。

この人は、自分の死に時を決めて、今日まで生きてきた。

綜志郎に帝を殺させることで、長く苦しみのなかにあった帝を救う。その後、恭司はためらうことなく、帝の後を追うつもりなのだろう。

帝が救われるときこそ、恭司が自ら決めた死に時だ。

「まさか、宮中にまで追いかけてくるとは思わなかった。終也ならば、決して、このような真似《まね》はしなかっただろう」

鋭いまなざしが、矢となり、真緒を射貫《いぬ》いた。

「終也にできないことは、わたしがするの」

真緒という名は、終也につけてもらったものだ。

緒は糸口、始まりを意味する。糸の結び目、終わりの字を持つ終也と一緒にいるから完《かん》璧《ぺき》なものになる名前だ。二人そろって、始まりから終わりまで、欠けることのない満ち足りたものになるのだ。

一人だけで完璧になる必要はない。互いに補《おぎな》いあって生きてゆくのだ。

だから、片方が叶えることのできない望みは、もう片方が叶えるだけだった。

「愚かだな。何ができる？　終也に守られるしかなかった、ただの機織《はたおり》に」

濃淡のない声は、真緒のことを責めている。

終也や十織《とおり》家への好意だけを理由に、無謀《むぼう》にも宮中にまで乗り込んできた、と。

きっと、彼は出逢《であ》ったときから、真緒のことを嫌っていた。

恭司にとっての真緒は、まともに世間を知らない無力な機織だった。綺麗事《きれいごと》を口にするだけで、叶える力を持たない小娘だ。

（恭司様は、わたしに怒っている。六久野のこと、帝のこと、……亡くなった羽衣姫様のことに、わたしが関わろうとしているから）

恭司にとって、一連のことは天涯島《てんがいじま》と同じなのだ。

彼にとっての禁足地。何人《なんぴと》たりとも土足で踏み荒らすことは許されぬ、いっとう大事なものだった。

だが、真緒とて、譲《ゆず》ることのできないものがあった。

恭司が行おうとしていることは、真緒の家族を傷つける。真緒が守りたいと思っている、真緒の好きな人が生きてゆく場所を壊してしまう。

それだけでなく、このままでは、終也は心を許した恭司という友も失ってしまう。

『僕の機織さん』

頭のなかで、終也の声が響く。

真緒が、此の世でいちばん大切にしてあげたい人は、いつだって真緒の在り方を認めてくれる。

真緒が機織として生きて、織ってきたからこそ、出逢うことのできた人だった。

愛している。何度、言葉で伝えても伝えきることはできない。終也が思っている以上に、真緒は彼のことを強く想っている。

かつて、幽閉《ゆうへい》されていた名もなき機織に、いつか名前をつけてあげる、迎えに来ます、と約束してくれた男の子がいた。奪われるばかりだった少女に、あたたかなものを与えようとしてくれた人だった。

暗がりに垂らされた、一条のひかり。

あの美しい蜘蛛《くも》の糸を、生涯《しょうがい》、忘れることはない。

(終也。わたしは、あなたの機織。織ることで、あなたに見つけてもらった。だから、機織としてのわたしを信じている。誰かのために祈り、織ることで、大切なものを守りたい。

なにひとつ、あなたに捨てさせたくない）

終也の過去も、現在《いま》も、そして未来までも、ぜんぶ抱きしめてあげたかった。

いつだって、真緒は祈っている。

この先も長く続くであろう終也の人生が、幸福なものであることを。いつか真緒が死んでしまった後も、祝福されるものであることを。

もう二度と、孤独に苛《さいな》まれることのないよう、たくさんのものを遺してあげたい。

その中には、終也にとって家族である綜志郎も、友人である恭司も含まれている。

真緒は姿勢を正して、真っ向から、恭司の鋭いまなざしを受ける。決して怯《ひる》むことなく、強い気持ちで、彼のことを見つめ返した。

「ただの機織だからこそ、できることがある、と信じているの。恭司様は、わたしのことを余所者《よそもの》と思っているよね。でも、余所者の機織だからこそ、きっと、できることがあるよ」

「お前に、帝の……志信《しのぶ》の、何が分かる？　ずっと傍にいた。傍にいながら、俺も羽衣も、苦しむ志信を見ているしかできなかった。もう十分だろう？　あの人は救われるべきだ」

救われる。それは、かつて六久野で虐《しいた》げられた日々からか。それとも、望まずして即位し、神在《かみあり》への憎しみに囚われ続けた人生からか。

「綜志郎が、帝を殺す。それで、本当に帝は救われるの？」

誰かの心は、外から覗《のぞ》くことはできない。帝の心は帝のものだ。帝の心が救われるとしても、その救いは、恭司が決めつけることではない。

雨風が吹き抜けて、楓の葉を揺らす。

葉と葉が、ざらり、と擦れる音は、まるで誰かの泣き声のようだった。

「では、誰が？　誰が、志信の心を救うことができる」

愛した女を喪《うしな》い、愛する男も喪うであろう人は、血を吐くように問うてきた。

一、

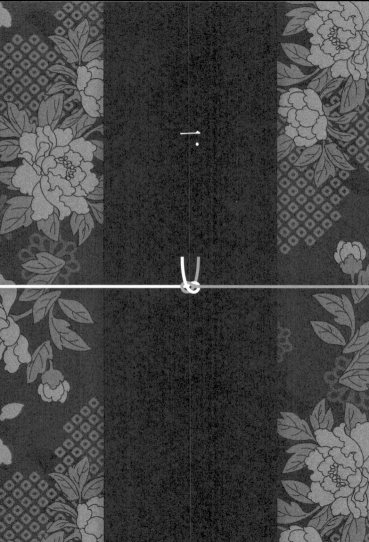

夜通し走っていた列車が、帝都《ていと》の駅舎に到着する。

真緒《まお》と志貴《しき》を、駅舎まで迎えに来てくれたのは、二番様《にばんさま》を有する神在《かみあり》――二上《ふたがみ》家の当主である威月《いづき》だった。

目深《まぶか》に帽子を被《かぶ》り、特徴的な狼の耳を隠した威月は、志貴を見るなり、ほっと一息をついた。

「志貴様。ご無事で何よりです」

二上家は火傷《やけど》で療養中の志貴を預かっていた。そのうえ、亡くなった威月の妻は、叔母《おば》として志貴のことを気にかけていた人だ。

威月は、離れている間、ずっと志貴のことを心配していたのだろう。

「そう簡単には、くたばらない。威月。一人だけ先に、帝都に向かわせて悪かったな。帝《みかど》は、やはり、もう長くはなさそうだったか？」

「はい。もう床《とこ》から離れることができないほど、衰弱されていました。お命が尽きる、と、ご自分でも分かっていらっしゃるのでしょう。だから、今になって、羽衣姫《ういひめ》の子を後継に、と。しかし、その皇子は、羽衣姫とともに亡くなって……」

威月の言葉を遮《さえぎ》るように、志貴は首を横に振った。

「残念ながら、羽衣姫の子は、末の皇子は生きていた」

威月は小さく息を呑《の》んでから、片手で帽子を押さえた。彼の動揺《どうよう》を表すように、帽子の下で耳が動いている。

「……帝が、お気の迷いを起こしたわけではなかったのですね」

「恭司《きょうじ》が隠していた。十織《とおり》家の先代と共謀《きょうぼう》して」

「綾《りょう》が？」

十織綾。いまは亡き十織の先代である。威月は先代と親しくしており、仲の良い友人でもあった。

「お前の友であった十織の先代は、羽衣姫の子を、我が子と偽って匿《かくま》っていたわけだ。まったく、ひどい置き土産《みやげ》だと思わないか？　本人は亡くなっているのだから、文句も言えない」

「我が子。終也《しゅうや》ではなく、その弟のことでしょうか？　たしか、綜志郎《そうしろう》、という名の。十織家が関わっていたから、彼女が一緒だったのですね」

威月の視線が、ゆっくりと真緒に向けられる。

「義弟《おとうと》を連れて帰りたいそうだ。羽衣姫の子ではなく、十織の子どもだから、と。涙ぐましい話だろう？」

「まさか、彼女を、宮中まで連れていかれるのですか？」

「連れてゆく。俺は、自分の言葉に責任を持っているつもりだからな。その後のことまでは、面倒を見ることはできないが」

「志貴様が、そうおっしゃるのであれば、お止めすることはできませんが……」

威月は言葉を濁《にご》した。真緒を責めているというよりも、単純に、真緒が宮中に乗り込んだところで、何ができるのか、と疑問なのだろう。

志貴は試すように、真緒に視線を遣《や》った。

「さて、どうする？　列車のなかでは、帝の言葉によって恭司を止める、などと言っていたが、そもそも、どうやって、帝に会うつもりだった？」

「もちろん。やみくもに宮中に乗り込んだところで、帝とお会いすることはできない、と知っています。だから、十織の人たちは、できる限りの手を打って、わたしのことを送り出してくれました」

花絲《はないと》の街を出る前に、短い時間であったが、十織の家族と話をした。

終也だけではなく、義妹である志津香《しづか》、義母である薫子《かおるこ》も、できる限りのことをして、真緒のことを宮中に送り出してくれたのだ。

真緒は知っている。

たとえ、あの家を離れたとしても、自分は孤独ではない。真緒のことを信じて、真緒に託してくれた家族がいる。

「なるほど。何の策もないよりは、まだ良いのか？　それで、具体的には、どう動くつもりだ？」

「薫子様が、宮中に伝手《つて》を持っているんです。宮中に行ったら、真っ先に、その人を訪ねるように言われています。きっと力になってくださるから、と」

義母である薫子は、もともとは皇女の身分であった。

薫子は、神在を嫌う帝のことをよく知っていた。だからこそ、十織家を守るために、嫁《とつ》いだ後も、ずっと宮中の動向を注視し、伝手を持ち続けていた。

「皇女時代の伝手か。薫子様も、なかなか強《したた》かだな。十織家に嫁いだあとも宮中の情報を把握《はあく》していたわけだ。伝手というのは、誰だ？」

「時雨《しぐれ》様」

「時雨？」

あからさまに、志貴の声が強張《こわば》った。彼は火傷の残っている口元を引きつらせて、難しそうに、小さな唸《うな》り声をあげる。

「志貴様も、お知り合いですか？」

「知っている。よりにもよって、時雨か？　冗談みたいな話だな。まったく、どういう繫《つな》がりなのかも分からない。なあ、威月」

「志貴様のおっしゃるとおりですね」

志貴の言葉に同意するよう、威月は苦々しく零《こぼ》した。

「二人が、そんな顔をする人なんですか？」

真緒には、十織家の恩人という認識しかなかった。薫子には、どのような伝手なのか訊いたことはなかったが、信頼に値する人だとも思っていた。

神迎《かみむかえ》の衣が焼失したときも、この度《たび》の皇子たちが亡くなった件も、いち早く、十織家に情報を届けてくれた人である。

長らく、薫子を助けてくれた人なのだ。真緒が知らないだけで、他にも、たくさん世話になってきたはずだ。

「一ノ瀬《いちのせ》時雨」

志貴の口にした名に、真緒は戸惑いをあらわに小袖《こそで》の胸元を握った。

「一番様《いちばんさま》の？」

一ノ瀬。

帝都の外に領地を持ちながらも、軍部に根を張り、宮中の権力争いにも関わってくるような神在である。

「時雨というのは、一ノ瀬の当主代理を務める者の呼び名だ。本名ではなく、立場につく名だな。一ノ瀬の当主は、ずいぶん長生きなんだが、残念ながら俗世のことに興味がない。だから、ずっと当主の代わりがいる」

当主が何もしないとなれば、代わりに、一族を執《と》り仕切る役割が必要となってくる。その者を、いつの時代も《時雨》と呼んでいるそうだ。

時雨とは、秋の終わりから冬のはじめにかけて、通り雨のように降る雨のこと。

その名は、あくまで当主ではなく、一時的な代わりであることを示すのに、ふさわしいのかもしれない。

「たしか、一ノ瀬は、二上みたいに領地に《大禍《たいか》》を封じている神在ですよね？」

あまりにも強大であり、祓《はら》うことのできない《悪《あ》しきもの》を《大禍》と呼ぶ。

神在のなかには、《大禍》を封じるために、それらの在る場所を領地としている家もあるのだ。

二上家の領地を訪れたとき、一ノ瀬も同じように《大禍》を封じる神在、と教えてもらったことがある。

「領地に《大禍》を封じる神在でもあるが、いま問題なのは、そちらではない。……一ノ瀬は、軍部で幅を利《き》かせている。領地に籠《こ》もっていれば良いものを、宮中の権力争いにも首を突っ込んでくる。溜池の鯉《こい》ごときが、神無《かみなし》たちが必死になって保っている政《まつりごと》に介入してくるわけだ。悪趣味だろう？　そんな神在を、実質的に仕切っている男が時雨だ。会ってみたら分かる、いけすかないサカナ野郎だ」

志貴は溜息まじりに吐き捨てる。

もしかしたら、志貴は宮中にいた頃、時雨とのやりとりで、苦々しく思うような出来事があったのかもしれない。

「ひどい言い様ですね」

突然の声に、はっとして、真緒は振り返った。

（ぜんぜん気づかなかった）

足音も気配もなく、その男は、いつのまにか立っていた。

夜にまぎれるような真っ黒な詰襟《つめえり》の上衣に、曇りのない銀ボタンが輝いている。それが軍部に属する者たちの装《よそお》いであることを、真緒は知っていた。

顔立ちは若い男のものであったが、どこか老成した印象を受ける。

特徴的な瞳のせいだろう。金の瞳は、よく見ると、瞳孔《どうこう》がやや縦に長く、ふつうの人間とは異なる。ひどく感情の読みにくい目をしていた。

「時雨。何故、ここにいる？」

真緒は息を呑んだ。いま、まさに話題にあがっていた人物の登場に、驚きを隠せなかった。

志貴は警戒するよう、まなざしを鋭くしている。

「ご安心ください、志貴様。俺の目的は、あなたではありません。あなたは、まあ、ついでのようなものです」

時雨は、一歩、一歩、足音を立てずに近づいてくる。

そうして、上から覗《のぞ》き込むように、真緒に顔を近づけてきた。大柄であるためか、すぐ傍に立たれると迫力があった。

「わたし、ですか？」

彼は頷《うなず》いてから、にっこりと笑う。笑顔でありながらも、どこか威圧的で、有無を言わさぬ力があった。

「黒髪に赤い目。お前が、薫子様の義娘《むすめ》だろう？　遠路はるばる帝都まで、ようこそ。お前のことを迎えにきた」

長きに渡り、薫子が宮中に持っていた伝手は、真緒が訪ねるよりも先に、真緒に会いに来たのだ。

◇◆◇◆◇

真緒たちは、時雨によって、帝都のとある館に案内された。

時雨が、個人的に所有している館らしく、公《おおやけ》には会うことのできない相手を迎える際、よく使っている場所なのだという。

真緒は、外つ国《とつくに》の文化を思わせる部屋を見渡した。

客人を迎えるための部屋なのか、ずいぶん内装に凝《こ》っていた。

あたたかな生成《きな》り色の壁に、白く浮かび上がるのは、優美な植物の蔦《つた》模様である。

日中ならば、たくさんの光が差し込むであろう大きな窓は、ただのガラスではなく、色ガラスを組み合わせたものを嵌《は》め込んでいる。窓の両脇にあるゆったりとした窓掛けの布も、おそらく、此《こ》の国で織られたものではない。

部屋の中央には、丸いテーブルを挟むように、二脚の椅子《いす》がある。

柔らかで、ゆったりとした椅子に腰かけて、時雨は長い足を組んでいた。向かいに座っている真緒は、浅く椅子に腰かけて、膝のうえで拳を握った。

館に着いた途端、志貴や威月は、別室に案内された。

　この場にいるのは、真緒と時雨の二人きりである。

「そのような強張った顔をしなくとも、志貴様や二上の当主には何もしない。別室で、丁重にもてなしているから安心しろ」

「申し訳ありません。わたしの方から、お訪ねするつもりだったので、驚いてしまって。時雨様が会いに来てくださるとは思っていなかったのです。何か、ご事情があるのでしょうか？」

　真緒は、あらためて、時雨のことを見つめる。

　年の頃は、外見だけならば、二十代の後半あたりといったところか。しかし、若々しい顔立ちに反して、雰囲気《ふんいき》は落ちついている。

　時に、神の血が濃い者は、ふつうの人よりも長く生きる。

　おそらく、時雨は、見た目どおりの年齢ではない。真緒よりも、ずっと年上の男なのだろう。

「駅舎で待ち構えていたことは謝ろう、驚かせて悪かった。だが、宮中に飛び込まれる前に、とにかく捕まえなくては、と思ってな。お前が会いに来るよりも、俺が動く方が、都合が良かったんだ」

「わたしたちを気遣ってくださったのですね」

いま、宮中が、どのような状況にあるのか。

真緒たちよりも、時雨の方が詳しい情報を持っているはずだ。そんな彼が、わざわざ駅舎まで迎えにきたのだから、様々なことを考慮《こうりょ》してくれた結果なのだろう。

「ずいぶん急な報せではあったが、薫子様に頼まれた以上、見捨てるわけにはいかないからな」

薫子。花絲に残してきた義母を思い浮かべる。

十織にいる家族たちは、それぞれができることをした上で、真緒を送り出してくれた。限られた時間ではあったが、真緒の力になれるよう手を尽くしてくれた。

薫子は、本当に急ぎ、時雨と連絡を取ったのだろう。

真緒が帝都に向かうので、力になってほしい、と。

「時雨様は、薫子様に、宮中の情報を教えてくださっていた方なのですよね？」

薫子は、もともとは皇女であり、宮中で暮らしていた。彼女は、十織家に嫁《とつ》いだあとも、十織のために宮中との伝手《つて》を持ち続けた。

「そうだな。できる限りのことは伝えてきた」

「ありがとうございます。今まで、たくさん助けていただきました。――名乗りが遅くなりました。真緒、と申します」

いつか、礼を言いたい、と思っていたのだ。きっと、真緒が思っている以上に、十織家は助けられてきたはずだ。

「これは、ご丁寧《ていねい》に。もう名前は知っているだろうが、時雨、一ノ瀬時雨だ。……薫子様からは、具体的な話は何もなかったが、力になってやってほしい、と頼まれている。あの子に頼まれると、俺は弱いんだ」

「薫子様とは、お友達、でしょうか？」

時雨は目を丸くしてから、くすくすと笑う。

「友人ではあるが、その前に惚《ほ》れた女だ。今回も惚れた弱みというやつだな。俺は、薫子様に袖《そで》にされた求婚者の一人だったから」

真緒は思い出す。

皇女であったときの薫子は、それは愛らしく、たくさんの求婚者がいたという。

しかし、彼女は寄ってくる求婚者たちに冷たく、氷のような態度を崩さなかった。ことごとく袖にしてきたのである。

薫子が選んだのは十織の先代であり、それ以外の者たちは恋に破れた。その中には、時雨の姿もあったのだろう。

「薫子様のこと、お好きだったんですね」

「とても可愛《かわい》くて大好きだった。十織のに取られてしまったが、一度惚れてしまうと、どうにかして、幸せにしてやりたくなってしまう」

ありたけの愛《いと》しさが籠《こ》められた声だった。

叶うことのなかった恋だとしても、時雨にとって、薫子に恋した日々は悪いものではなかったのだろう。

過去も現在も、これから続く未来ですらも、きっと、彼女に心を砕《くだ》いている。だから、真緒は、時雨のことを信じようと思った。この人は、薫子を大切に想うからこそ、言葉どおり真緒の力になろうとしてくれている。

「よく分かります。好きな人のことを幸せにしたい、と思う気持ちは」

真緒の脳裏《のうり》に、微笑《ほほえ》む終也の姿が過《よぎ》った。真緒の持っているすべてで、あの人を幸せにしてあげたい。

時雨は考え込むように、口元に手をあてる。

「そう素直に頷かれると、心配になるな。俺のことを疑わないのか？　今まで話したことは、すべて嘘偽りかもしれない。お前のことを欺《だま》して、これから、ひどい目に遭《あ》わせようとしている可能性もある」

「薫子様が信じている方を、疑う理由がありません。わたしは、時雨様のことは知りませんが、薫子様のことは知っているつもりです。薫子様は、血の繋《つな》がっていないわたしのことも、娘と思っている、と言ってくださいました。そんな薫子様が信じている人を、娘として疑うことはできません」

「つまり、俺というよりも、薫子様を信じているのか」

「時雨様のことも信じます。あなたが、薫子様に恋をしていたことは嘘ではない、と思いました。薫子様の力になりたい、と思っていることは、本心でしょう？　だから、よろしくお願いします。どうか、お力添えください」

　真緒は背筋を伸ばしてから、深々と頭を下げた。

「止めろ。若い娘が、軽々しく頭を下げるものではない」

「誰かが力を貸してくれることは、当たり前のことではありません。いまのわたしに、お返しできるものはありませんが。せめて、感謝を」

「まだ何の力も貸していないから、感謝されても困る。……まあ、そう言っても、お前の気が済まないのであれば、いつか反物《たんもの》のひとつでも織ってくれるか？」

　真緒は顔をあげる。

「わたしで、よろしければ」

「お前が良い。薫子様から、花絲の街一番の機織《はたおり》、と聞いているからな。うちの当主は、亡くなった奥方のために、いまも衣を仕立て続けるような御仁《ごじん》だからな。気合いを入れて、織ってくれるか？」

時雨は困ったように眉《まゆ》を下げていた。

「もちろん。そのときは、お話を聞かせていただけますか？　一ノ瀬の御当主の、亡くなった奥様のことを。その方にふさわしいものを織りたいです」

一ノ瀬の当主は、ずっと昔に亡くなった妻のことを、今でも強く愛しているのだろう。その愛に報いるためにも、彼女のことを知ったうえで織りたかった。

「それは、それは。うちの当主も喜んで話すだろうよ。あの方は、いつも奥方のことで、頭がいっぱいだからな」

「本当に、お好きだったんですね」

「そうだな。好きだったから、奥方が亡くなった途端、当主としての役目を果たさなくなった。一族総出で引きとめているが、もう人の世には興味ないのだろうよ。……うちの一族の話は、これくらいにしておこう。お前は何を望む？　俺は、いったい、どのように力を貸せば良い？」

時雨は仕切り直すよう、そう言った。

「時雨様は、何を何処まで、ご存じですか？」

「誰にも言い触らしてはいないが、ほとんど全てを知っている。恭司から教えられている。恭司が《天涯島《てんがいじま》》に向かうために、軍部が便宜《べんぎ》を図った代わりに」

恭司が綜志郎を連れていったあと、終也は、とある可能性に言及していた。

恭司が、罪人として宮中を追われながらも、天涯島に向かうことができたのは、軍部と繋がっていたからかもしれない、と。

時雨が当主代理を務める一ノ瀬は、軍部でも幅を利《き》かせる一族である。

恭司の逃亡に際して、一枚、噛《か》んでいたのだ。

「恭司様の目的も、ご存じということですか？」

「十織家が匿《かくま》っていた末の皇子に、帝を殺させる、だろう？　そうすることで、帝は救われる、と恭司は考えているわけだ」

「はい。ただ命尽きるときを待つだけでは、帝は救われない、と。苦しみのうちに、死出《しで》の旅に向かってしまう、と。そんな風に、恭司様は恐れていました」

恭司が何もしなくとも、体調を崩している帝の命は、時を待たずに尽きるだろう。しかし、恭司にとっては、それでは意味がないのだ。

『帝には時間がない。あの人を、憎しみに囚われて、苦しいまま逝《い》かせるわけにはいかない。帝の命を終わらせるのは、あの人が誰よりも愛して、誰よりも憎んだ羽衣の子でなくてはならない』

　真緒の脳裏に、恭司の声がよみがえった。

「帝は、憐《あわ》れなほど六久野《むくの》にこだわる。天涯島で受けた屈辱《くつじょく》を忘れることができず、六久野だけでなく、他の神在のことも憎みながら生きてきた。長く、苦しまれた御方だった。その苦しみから救うためには、帝の愛した羽衣姫の子がふさわしい、と。実に、恭司の考えそうなことだ」

「わたしは、恭司様を止めて、末の皇子……義弟を、連れて帰りたいと思っています。恭司様は、羽衣姫様の子に殺されることで、帝の心は救われる、と言います。でも、本当に？　帝の心は、帝にしか分からないはずです」

　帝の命が残りわずかであるからこそ、恭司は焦っている。

　しかし、真緒の目には、恭司がことを急ぐあまり、大事なものを見落としているように映った。

　大切にしたかったであろう帝の心から、目を逸《そ》らしている気がした。

「すべて、恭司の独《ひと》り善《よ》がりだと？」

「恭司様が、帝を想っていることに嘘偽りはないと思います。でも、これから恭司様がしようとしていることは、帝の心を置き去りにしています。恭司様を止めなくてはいけません。そのために言葉が必要です」

「お前の言葉では、恭司は止まらんだろう」

「だから、わたしではなく、帝の言葉が必要です」

時雨は目を見開く。それから、面白そうに声をあげて笑った。

「つまり、まずは、恭司ではなく帝にお会いしたいのか？　だから、宮中に乗り込もう、と考えていたわけだ。無謀《むぼう》なことを。お前ごときが拝謁《はいえつ》することは許されない、雲の上におわす御方だというのに」

「でも、そうしなくては、恭司様を止めることはできません。時間がありません。こうしている間にも、恭司様は、帝のところに辿《たど》りついているかもしれない」

恭司を追いかけた時点で、すでに真緒たちは後手にまわっていたのだ。

真緒たちよりも先に、恭司は帝都に着いている。まだ、恭司の目的は果たされていない、と信じているが、それさえも不確かな希望でしかなかった。

「そのことならば、心配しなくても良い。恭司のことは足止めをしている」

「え？」

「いま、宮中での恭司のあつかいは、少々、面倒なことになっているのだが……。多くの人間が、真偽はともかく、皇子たちを殺した罪人という見方をしている。その状況で、誰の手引きもなく、帝のもとまで行けると思うか?」

時雨の言うとおりだった。

真緒も詳しいことは分かっていないのだが、宮中では、志貴の異母兄であった皇子たちを殺した《悪《あ》しきもの》を、恭司が招いたことになっているらしい。

事実とは異なるが、多くの人間が、そのように看做《みな》している。恭司のことを、皇子たちを殺した罪人として認識している。

そのような状況では、簡単には、帝のもとに行くことはできないだろう。

「恭司様は、時雨様の手引きで、帝のもとに向かう予定だったんですね」

「そうだ。だから、恭司を出し抜きたいならば、足止めをしている今しかない。恭司よりも先に、帝にお会いしたいのだろう? 俺ならば、恭司よりも早く、お前を帝のもとに連れてゆくことができる」

時雨は、帝に会いたい、という真緒の望みを無謀と言いながらも、それを叶えてくれるつもりらしい。

時雨の助力を心強く思うが、その一方で、真緒には気がかりがあった。

「お力を貸していただけるのは、本当に嬉しく思います。でも、よろしいのですか? 恭司様とは、協力関係にあったのですよね?」

時雨は、薫子に頼まれたから、真緒に力を貸してくれる。だが、それとは別に、そもそも真緒たちよりも先に、恭司と繋がっていたのだ。

真緒たちに力を貸すことで、時雨は恭司を裏切ることになる。

「気にするな。恭司とは利害の一致があった。だから、少し手を貸してやっただけだ。べつに、恭司を思いやって、恭司のために動いていたわけではない」

「利害の一致、ですか？」

「そう。恭司に協力していたのは、ただの損得勘定《かんじょう》だ。恭司に義理立てするつもりもない。……そろそろ、志貴様の堪忍袋の緒が切れる頃だ。話の続きは、志貴様たちもまじえてにしよう」

時雨は立ちあがって、真緒のことを手招きした。

館の別室には、不機嫌そうな志貴と、彼の傍に控えている二上威月がいた。

長椅子《ながいす》に腰かけた志貴は、拘束《こうそく》されているわけでも、怪我《けが》をしているわけでもなかった。

時雨の言葉に嘘はなく、志貴のことは丁重にもてなしていたのだろう。

「志貴様。時雨様が、力を貸してくださるそうです」

志貴は険しい表情のまま、時雨のことを睨《にら》みつけた。

「どういう魂胆《こんたん》だ?」

「言葉どおりですよ。薫子様から、この娘のことを頼まれたのです。惚《ほ》れた弱みがありますので、薫子様の頼みは断れないのですよ」

「惚れた弱み。初耳だな。本当に惚れているならば、十織の先代が亡くなったあと、強引に連れ去っていたのではないか? 力ずくで、物にしようと思わなかったのか。荒事は得意だろうに」

「力で手に入れたところで、薫子様の心は手に入りません。これでも、長く生きているので、人の心の機微には詳しいのですよ。共感はできなくとも、そういうものだと分かっています」

「人の心が分かる? しばらく会わないうちに、冗談が言えるようになったのか? まったく笑えない」

「本気ですよ。志貴様、この娘のことは、お気になさらず。あなたが宮中に連れてゆかなくとも、こちらで面倒を見ることにしました」

「俺は何もするな、大人しくしていろ、という意味に聞こえるな」

「そう申しあげております。志貴様には、全てが終わるまで、身を隠していただきたい。

あなたは宮中に近寄るべきではありません。帝は、羽衣姫の子を、後継として望まれています。あなたを邪魔に思い、殺してしまうかもしれない」

生き残っている皇子は、二人だけだった。

志貴と、その存在を隠されていた羽衣姫の子――綜志郎だ。

帝が、綜志郎を後継に望むならば、志貴を生かしておく理由がない。親が子を殺すなどとは思いたくなかったが、時雨が危惧《きぐ》するところは分かる。

「一ノ瀬が、俺の心配をするのか？」

時雨は、心外だ、と言わんばかりに、わざとらしく眉根《まゆね》を寄せた。

「心配いたしますよ。一ノ瀬としては、次の帝位には、志貴様についていただきたい、と考えております故」

「戯言《ざれごと》を。俺が《悪しきもの》による火傷《やけど》を負ったとき、俺のことを見捨てたのは、お前たちだろう？　穢《けが》れた皇子として切り捨てた」

火傷を確かめるよう、志貴は自らの口元から首筋に触れた。

志貴の身に刻まれた火傷は、帝位に最も近い皇子と目されていた彼の立場を、容赦《ようしゃ》なく奪った。

かつては黒だったという髪も目も、その身を襲った不幸を象徴するように、暗がりに揺れる炎の赤に染まった。

志貴にとって、決して忘れることのできない傷だった。

目に見える火傷だけの話ではない。その火傷を負ったとき、親族や宮中の者たちから受けた仕打ちも、志貴の心の傷となっている。

当時の志貴を傷つけた者たちには、一ノ瀬時雨も含まれるのだろう。

「切り捨てたつもりはありませんよ。あなた以外、誰が、帝位にふさわしいのでしょうか？　帝となるのは、神の血を引かぬ皇子です」

「お前たちのような神在にとっては、神の血を引く皇子であった方が、都合が良いのではないか？」

「いいえ。それでは、国を揺るがすような厄災《やくさい》に繋《つな》がってしまう。誤解されやすいことは承知しておりますが、一ノ瀬は、いつの世も、此《こ》の国のことを案じております。此の国にとって危険なものを取り除いてきました」

「此の国ではなく、一ノ瀬にとって危険なものを取り除いてきた、だろう。お前たちに、国を愛する心など語られても、薄ら寒いだけだ」

「国を愛することが、一ノ瀬を愛することでもあるのですよ。一ノ瀬は、此の国が末長く続くことを祈っています。それこそが一番様の望み。一番様は、愛した女の血が、愛した女の生まれた国で続くことを望んでいらっしゃる」

時雨は、志貴のことを諭《さと》すように語った。

一ノ瀬が動く理由は、すべて自分たちの所有している《一番様》にある。

中央の政治に関わることも、軍部を掌握《しょうあく》することも、一番様の望みを叶えるための手段に過ぎない、と。

時雨の言葉を聞きながら、真緒は気づいてしまった。

（此の国にとって危険なものを取り除いてきた。時雨様の言っている危険なものは、物に限った話ではなくて。きっと、此の国にとって危険となる人物も含まれるんだ）

時雨は、薫子に頼まれたから、真緒に力を貸してくれる。

彼の気持ちに嘘はないが、それとは別に、一ノ瀬という神在の当主代理として、とある考えを持っているのだろう。

「此の国が末永く続くために。末の皇子――綜志郎が邪魔でしたか？　時雨様は、綜志郎のことを、国を揺るがす危険なものと思っていた」

真緒の問いに、時雨はゆっくりと瞬きをした。

「今さら、羽衣姫の子など不要だ。十織の先代も、余計な真似《まね》をしなければ良かったものを。もっと早くに、その生存を知っていたならば、帝に知られることのないまま、秘密裏《ひみつり》に殺すこともできた。ここまで来たら、取れる手段も限られてくる」

一ノ瀬時雨は、恭司の願いに共感して、恭司の逃亡に力添えしたわけではない。言葉どおり、利害の一致があったから、一時的に手を組んでいたに過ぎない。

「時雨様は、こんな風に考えていたのではありませんか？　死んだはずの末の皇子を、表舞台に引きずり出したうえで、殺す必要がある、と」

後の世に、一切の禍根《かこん》も憂《うれ》いも残さぬために。

羽衣姫の子、死んだはずの末の皇子の存在を明かしたうえで、公《おおやけ》の場で、本当の意味で、その命を摘《つ》み取るのだ。

帝が亡くなったあと、誰にも末の皇子を担《かつ》がせないために。

（恭司様との利害の一致は、きっと、そこにあったんだ。綜志郎を表舞台に引きずり出すという点で、恭司様と時雨様の望みは同じだった。……恭司様は、時雨様の考えも承知のうえで、綜志郎を連れていった。恭司様は、ぜんぶ終わった後、綜志郎が殺されても構わなかったから）

恭司は、帝の心が救われるならば、他の誰が死んでも良いと思っている。

すべて終わったあと、国を揺るがす危険なものとして、綜志郎が殺されたとしても構わないのだ。

真緒は掌《てのひら》が痛むほど強く、拳を握った。

本当は、こんなにも残酷《ざんこく》なことに思い至りたくなかった。

「時雨。お前は、帝の死後、末の皇子を殺せ、と。そう、俺に望んでいるのか？」

すべてを理解した志貴の声は、わずかに震えていた。

「志貴様に御意志があるならば、一ノ瀬は、あなたの即位を歓迎いたします。帝の死後、末の皇子を殺して、玉座に昇ればよろしい。末の皇子は、帝位を継ぐべきではない。羽衣姫——六久野という神在の血が流れているのだから」

帝となるのは、神無の皇子だ。

六久野の流れをくむ綜志郎では、帝となるには相応《ふさわ》しくない。

「待ってください！　その考えは、いまは違うのですよね？　時雨様は、お力を貸してくださる、とおっしゃいました。わたしは、恭司様を止めて、綜志郎のことを十織に連れて帰ります。末の皇子が、帝位を継ぐことはありません。……っ、だから、綜志郎を殺すなんて恐ろしい考えは、もう捨ててください」

「薫子様の頼みだから、お前を帝のもとに連れてゆく。だが、まあ、正直なところ、お前ごときの力で、何かが変わる、とは思っていない。お前にとっても、悪い話ではないだろう？　末の皇子は火種にしかならない。ことが公になれば、匿《かくま》っていた十織も無事では済まない」

時雨は、にい、と嗤《わら》って、真緒の顔を覗《のぞ》き込んでくる。

姿かたちは若々しいが、中身は、真緒が知っている誰よりも上手《うわて》だった。彼からしてみれば、真緒など赤子にも等しい。

真緒が何を言ったところで、真緒の思いは届かない。

「それが、あなたの好きな薫子様を悲しませることでも？」

ならば、時雨にとって無視できない人を引き合いに出すしかない。

「薫子様が悲しむのか？　羽衣姫の子ならば、薫子様の子ではないだろうに」

血の繋がった我が子という意味では、綜志郎は当てはまらない。薫子にとっての綜志郎は、血縁上では、異母弟にあたる。

だが、薫子は綜志郎のことを、実の子どもと同じくらい愛している。

「いいえ。薫子様は、我が子として、綜志郎のことを愛しています。あなたは、薫子様の子どもを見殺しにできますか？」

「卑怯《ひきよう》な言い方をする」

「惚《ほ》れた弱みなら、わたしも良く分かります。好きな人のためなら、何でもしてあげたくなる。幸せを祈りたくなる。わたしも、好きな人のために、ここまで来ました。――時雨様の心配は、十織ならば解決できると思います。終也が、綜志郎と帝にある縁の糸を切れば良いでしょう？」

綜志郎が赤子だった頃、十織の先代は、綜志郎と帝にある縁の糸を切った。

その縁は、恭司が綜志郎を連れてゆくとき、終也が結び直してしまった。しかし、終也ならば、もう一度、切ることもできる。

「手緩《てぬる》い。何かあれば、今回のように再び縁の糸は結ばれてしまう」

「そうならないよう、わたしたちは力を尽くします。……どうして、みんな、綜志郎の命を物みたいにあつかうのですか？　いろんな思惑があるのは分かります。それぞれ守りたいものも違うでしょう。でも、だからと言って、わたしの義弟の生き死にを、誰かの都合で決められたくありません」

真緒は顔をあげて、ひとつひとつの言葉を確かめるように、大切に紡《つむ》ぐ。

「綜志郎だけじゃない。帝だって、まだ生きています。まだ生きているのに、時雨様は、帝が亡くなった後のことを考えるんですね」

真緒には、政《まつりごと》のことは分からない。

時雨だけでなく、恭司や志貴にとっても、綺麗事《きれいごと》ばかり口にする小娘だろう。だが、口に出して行動しなければ、真緒の理想とする綺麗事は叶わない。

「たくさんの人に、幸せであってほしいです。最後に、取りこぼすものがあったとしても。それでも、取りこぼしたくない、と思うことは、祈ることは無駄ではないと思います。……誰もが綺麗事を口にしなくなったら、手を伸ばさなくなったら。それこそ待っているのは、此の国の亡びでしょう?」

真緒は、自分の考える綺麗事が、正しい、とは思っていない。時に、誰かを傷つけるものである、と突きつけられたこともあった。

それでも、そんな綺麗事に救われた、と言ってくれた人がいる。

だから、真緒は、自分の在り方を信じている。この手は小さくとも、手を伸ばせば、大切なものに届くはずだ。

真緒と時雨の間に、重たい沈黙がおりる。

その沈黙を破ったのは、志貴のついた溜息だった。

「言い合いは、それくらいで終わりにしろ。時雨、お前の負けだ。この娘は、これと決めると譲《ゆず》らないところがある」

「志貴様。あなたとて、末の皇子が生きていると困るでしょうに」

「困らない。俺のことを侮辱《ぶじょく》するのも大概《たいがい》にしろ」

「……? 侮辱などしておりませんが」

「嘘をつくな。お前は、帝が殺されるまで、俺に動くな、と言った。帝が殺された後ならば、いくらでも、末の皇子を殺して帝位につくことができる、と。俺は弱いから、いまは黙って待っていろ、というのは侮辱だろうよ」

「よく分かりません。つまり、何がおっしゃりたい？」

「そこの娘が望むとおり、末の皇子は、十織家に戻す。死んだはずの末の皇子が生きていることは、まだ限られた者たちしか知らないのだろう？　今ならば間に合う。末の皇子には、公には死んだままでいてもらう」

「それでは手緩いと申しました。あなたらしくない、お優しいことを。誰かに毒されましたか？　むかしの志貴様ならば、真っ先に、羽衣姫の子など殺したでしょう。今とて死んでくれた方が、よほど楽だと思っているはずです」

「いっけん楽に見える近道は、たいてい、あとで落とし穴が待っている。より良き未来に辿《たど》りつきたいならば、楽をするべきではない」

「未来。なるほど。あなたの友が、そうおっしゃいましたか？　螟《めい》は優れた未来視でしたからね。あれほど若く命を落としたことが惜しいほどに」

八塚《やつか》螟。

八番様《はちばんさま》を有する神在に生まれた人は、志貴の親友であった。八番目の神の血を引く彼は、無数に枝分かれする未来を視《み》る力を持っていた。

「残念ながら、蜈が言ったわけではない。蜈が遺《のこ》してくれたのは、意地の悪い未来視だけだったからな」

その人は、志貴に、とある未来視を遺して死んだ。

――末の皇子が、帝を殺して即位する

八塚蜈は、どこまで何を視て、その未来視を遺したのか。

今となっては、彼の真意を確かめることはできない。死者は還《かえ》らないのだから、死者に答えを求めることはできない。

「俺の身には、神の血など流れていない。蜈のように未来を視ることはできないのだから、俺自身の頭で考えて、より良き未来に繋《つな》げられるように動くしかない」

「志貴様にとって、より良き未来とは？」

「誰ひとり犠牲《ぎせい》にならない、誰も死ぬことのない未来だ」

時雨は声をあげて笑った。

「そんな夢物語を、志貴様が口になさるのですか？　あなたが皇子として生まれて、歩んできた人生は、すでに数多《あまた》の犠牲のうえに成り立っている。今さらお綺麗な振りをしたところで、あなたの手は血まみれでしょう」

徒人《ただびと》とは違う金色の目が、まるで嬲《なぶ》るように、志貴の姿を捉えた。可笑《おか》しくて堪らない、と時雨は肩を震わせる。

時雨の嘲笑《ちょうしょう》を受けても、志貴は怯《ひる》まなかった。

志貴は自らの両手を見下ろしてから、決意を新たにするよう、かたく拳を握る。

「知っている。今まで取りこぼしてきたものも、これから取りこぼすものもあるだろう。それでも、手を伸ばさなければならない。……帝が、此《こ》の国で尊《とうと》ばれるのは、此の国を守る礎《いしずえ》だからだ。俺は、その礎になりたいと思っている人間だ。だから、どんなに綺麗事と思っても、その綺麗事を諦めてはならない」

「毒されたのは、この娘にですか？」

「お前にとっても、悪くない毒だ。俺は帝になる。此の国を守る礎になるんだ。神の血を引かぬ者たちだけでなく、お前たち神在のことも諦めない。だから、より良き未来のために、力を貸せ」

真緒は目の奥が熱くなった。

本来、志貴は、真緒とは正反対の考えを持っている人だ。

皇子として生まれて、宮中を生き抜いてきたからこそ、たくさんの人間の醜《みにく》さに触れてきた。真緒には知ることのできない苦悩を経て、現在に至っている。

そんな人が、真緒の心を後押しするよう、言葉を尽くしてくれている。

「甘ったれた夢を信じることができるのは、若者の特権ですね。こんな老いぼれには、まぶしく映ってしまう。……良いでしょう。しばし一ノ瀬は傍観《ぼうかん》します。この娘が失敗してからでも、末の皇子の首は刎《は》ねられる」

「……っ、ありがとうございます」

真緒が礼を告げると、時雨は心底嫌そうに唇を歪めた。

「礼は要らない。残虐非道《ざんぎゃくひどう》な血も涙もない男と思われるのも、不愉快だったからな。これでも、惚れた弱みにつけ込まれるくらいには、情は深いつもりだ」

「ごめんなさい。時雨様の、薫子様へのお気持ちを疑っていたわけではないんです」

時雨は、十織家にとって恩人である。

綜志郎の生死について、彼の意見に賛同することはできないが、彼を傷つけたいわけではなかった。

「素直に謝られると、怒る気力も失せる」

「呆《あき》れるほど素直なところが、この娘のずるいところでもある。憶えておけ、振り回されたくないのであれば」

「志貴様。それは、すでに振り回されている人間の台詞《せりふ》ですよ」

「よく分かったな。残念ながら、出逢《であ》ったときから、ずっと振り回されている。まったく性質《たち》の悪い女だろう？」

「たしかに。志貴様を振り回すなど、性質が悪い娘ですね」

真緒は反応に困って、ずっと黙っている二上威月を見る。しかし、威月は、真緒を助けるつもりはないらしく、こてん、と首を傾《かし》げるだけだった。

「十織の娘。帝が、お前のような小娘に心動かされるか分からないが、力になる、と約束したからな。帝のもとに連れてゆこう」

そうして、夜明けを待ってから、真緒たちは宮中に向かった。

時雨の手により、帝のもとを訪ねることになった。

二・

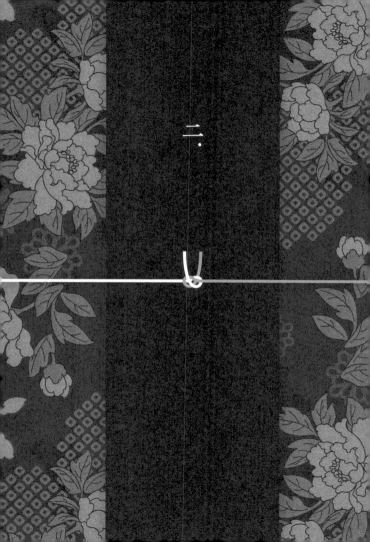

朝を迎えたばかりの宮中は、静けさに包まれていた。

真緒《まお》が宮中を訪れるのは、二度目である。一度目は、秋の頃、《神迎《かみむかえ》》に参加する終也《しゅうや》についてきたときだった。

（でも、《神迎》のときは、ずっと恭司様《きょうじ》のところにいたから）

実際に、宮中を歩きまわったわけではない。恭司に与えられている一郭《いっかく》で、終也の帰りを待っていただけだった。

真緒は歩きながら、恭司のところで過ごした時間を思い出す。

その場所は、瀟洒《しょうしゃ》な庭に面していた。

大きな楓《かえで》の木の下に、薔薇《ばら》の生け垣が印象的な庭だった。

此《こ》の国に古くから根付く楓と、外《と》つ国《くに》から入ってきた薔薇は、不思議な取り合わせであったが、妙にしっくりきたことを憶えている。

恭司の好きな人――羽衣姫《ういひめ》がつくらせた庭だった。

当時の恭司は、ほんの少しだけ羽衣姫のことを話してくれた。

あのときの真緒は、羽衣姫の名を知らなかったが、恭司が恋をした女性のことは、強く印象に残っていた。

晴れ晴れとした笑顔で逝《い》った、と恭司は語った。

彼は、その笑顔を知りながらも、羽衣姫の死を受け入れることができなかったのだろう。今もなお、彼女の死を悔《く》いている。

何処《どこ》にも行くことができず、籠《かご》の鳥のまま、宮中で命を落とした。

そんな彼女のことを思って、恭司は深く傷ついていた。

「真緒。ずいぶん足が遅くなっている。ここまで来て、迷子になる気か？」

先を歩いている志貴《しき》が、呆れたように振り返った。

志貴だけでなく、先頭を行く一ノ瀬時雨《いちのせしぐれ》や、志貴の背後を守るように付き従っている二上威月《ふたがみいづき》も足を止めていた。

「すみません」

つい、以前のことに気を取られて、足が鈍くなっていた。

真緒が歩きはじめると、一行は、再び時雨の案内で進んでゆく。

時雨は、慣れた様子で、建物から建物に渡された廊下《ろうか》を進んでゆく。志貴の言ったとおり、真緒ひとりでは迷子になるような入り組んだ道順だった。

「朝とはいえ、ずいぶん人が少ない」

志貴が、独り言のように零《こぼ》した。

彼の言葉は、以前と比べて、という意味だろう。二上の領地で療養していた志貴は、宮中に戻ってくること自体、久しぶりのことだった。

「いま残っているのは、最低限の者です。あとは避難させております」

「皇子たちを殺した《悪しきもの》が顕《あらわ》れたから、か？　今さらではないか？　俺の火傷《やけど》のことを思えば、もっと前から、宮中では《悪しきもの》の顕れがあっただろう。宮中に限った話ではなく、その後、帝都《ていと》に顕れていたこともあるしな」

志貴の言うとおりであった。

志貴が《悪しきもの》によって火傷を負ったのは、二年近く前の夏、宮中にある宝庫のひとつが燃えたときのことだった。

あれは真緒とも深い関わりのある火事だった。

宝庫に仕舞われていた《神迎》のための衣が焼失したから、嫁《とつ》いだばかりの真緒は、代わりの衣を仕立てるために反物《たんもの》を織ったのだ。

それから、帝都のあちらこちらでも《悪しきもの》の顕れが続くようになった。ちょうど《神迎》のために帝都に来たとき、終也の通っていた学舎《まなびや》を訪ねた際、真緒も巻き込まれている。

最後には、つい先日、皇子たちの命を奪った炎である。

（そもそも、一連の《悪しきもの》のはじまりを考えたら、本当は、もっと遡《さかのぼ》らなくちゃ

いけない。宮中や帝都《ていと》に顕れていなかっただけで、その炎は、ずっと此の国のいろんな場所に顕れていた）

一連の《悪しきもの》こそ、六久野《むくの》では《火患い《ひわずら》》と呼ばれていたものだ。

国生みの契約に綻《ほころ》びが生じるとき、顕れる《悪しきもの》である。

故に、本当の意味でのはじまりは、二十年前に羽衣姫が亡くなったときになる。彼女が国生みの契約の証《あかし》となる物を隠したときだった。

「今までは犠牲者《ぎせいしゃ》が少なかったので、邪気祓《じゃきばら》いを招くくらいで、あとは平常通りにしました。しかし、今回は皇子たちが亡くなるような大規模な顕れですから」

「俺が火傷を負ったくらいでは、宮中は動かない、と。道理だな。しかし、ここまで来たら、帝《みかど》のことも、宮中の外にお連れするべきではないか？」

帝は、此の国で最も強く守られるべき立場にある。宮中の安全が脅《おびや》かされているならば、これ以上、帝の身を留めるべきではない。

「ほかならぬ帝が、宮中を離れることを拒《こば》まれております。帝の望みに、否《いな》やを唱えることはできません。……離れがたいのでしょう、羽衣姫のいた場所ですから」

「そうだな。あの御方は、いつも六久野の亡霊ばかり見つめている」

志貴は寂しそうに目を細めた。帝に対して、父としての情を期待していた日を思い出しているのかもしれない。

志貴にとって、末の皇子という存在は、真緒が思っている以上に大きいのだろう。

公《おおやけ》には、志貴こそが末の皇子だった。羽衣姫の産むはずだった皇子は、臨月であった彼女とともに死んだはずだった。

それ故、志貴は親友の遺《のこ》した未来視に、強い思い入れを持った。

——末の皇子が、帝を殺して即位する。

志貴は、その末の皇子が、自分である、と信じていた。

悪しきものにより火傷を負い、一度は死の淵《ふち》に立った志貴は、親友の遺した未来視を頼りに命を繋《つな》いだのだ。

自分ではない、本当の末の皇子という存在に、志貴の心は穏やかではなかったはずだ。

それでも、志貴は、たくさんの苦悩を呑《の》み込んで、真緒の望みを後押ししてくれた。

真緒は、その想いに報いるためにも、できることをしなくてはならない。誰よりも、真緒自身が、真緒の望みを叶えるために諦めてはいけない。

やがて、前方に、とても小さな建物が見えてくる。

四方を石庭で囲われた建物だった。

真緒は建物の造りについて詳しくないが、屋根や廂《ひさし》、壁の様子から、宮中にあるにしては、あまりにも質素で寂しげな建物に思えた。

間違っても貴人が住むような場所ではない。

とても、此の国で最も尊《とうと》ばれる人が、そこにいるとは想像できなかった。

「よりにもよって、こちらにいらっしゃるのか」

志貴の声は、わずかに震えていた。

「志貴様？」

「かつて、こちらには羽衣姫がいたという。帝の寵愛《ちょうあい》を一身に受けながらも、羽衣姫自身は、多くを望まない女だった。わざわざ他の妃《きさき》たちとは離れて、帝の御座所《ござしょ》から最も遠いところで過ごした。そうだな？」

志貴は渋い顔をしながら、時雨に同意を求める。

「ええ。帝が、どれほど言葉を尽くしても、いっさい聞き入れませんでした。帝のご厚情を辞して、自分の望みを通すなど、後にも先にも羽衣姫だけでしょう。何処にも行けぬ籠の鳥であったというのに、気の強い娘でした」

遠い日を思い出してか、時雨は呆《あき》れたように肩を竦《すく》める。

彼は、生前の羽衣姫のことを知っているのだろう。もしかしたら、言葉を交わしたこともあるのかもしれない。

ふと、常人よりも遠くまで、はっきりと見える真緒の目は、一切の戸を閉め切った建物の前に、小柄な人影があることに気づく。

見覚えのある男だった。

真緒が、そう思っているうちに、時雨は歩を進めてしまう。

「やっぱり。智弦《ちづる》様」

そこにいたのは、真緒も知っている隻眼《せきがん》の男だ。

七伏《ななふし》智弦。

邪気祓いの神在《かみあり》である七伏家の当主であり、真緒の従兄《いとこ》にあたる人だった。彼は《悪しきもの》を祓うための大きな弓を背負い、静かに佇《たたず》んでいた。

「変わりないか？　智弦」

時雨の声がけに、智弦は苦笑した。

「残念ながら、時雨様がご不在の間にも、何度か《悪しきもの》の顕れがありました」

「それは、それは。困ったものだな」

「申し訳ありません。本来ならば、確実に祓った、と申しあげるべきですが……。おそらく、あれで終わりではないでしょう」

「お前は良くやっている。帝は、お目覚めか？」

「いいえ。おそらく、まだお休みになられているかと思います。この頃は、昼過ぎにならないと、お目覚めにならない、と側仕《そばづか》えの方々から聞いております」

「なるほど。では、昼過ぎに、あらためた方が良いか？」

「そちらの方が、確実かと。……どうして、真緒がこちらに？」

智弦は、眼帯に覆《おお》われていない右目で、じっと真緒を見つめる。

「知り合いか？」

「血縁です。俺と真緒は、似ているでしょう？」

智弦は微笑《ほほえ》んだ。

こんなときではあるが、真緒は、胸のうちがあたたかくなるのを感じた。

智弦は、従妹《いとこ》である真緒のことを、妹のように思ってくれている。離れて暮らす真緒のことも、七伏の一族の者として大切にしてくれているから、真緒との血の繋がりを否定しないのだ。

「七伏の娘が、十織《とおり》家に嫁いだ、という話は聞いていなかったが。俺の知らん事情があるわけだな？　たしかに良く似ている。智弦、今ともに暮らしていないならば、この娘と積もる話もあるのだろう？」

「積もる話をするような、お時間をいただけるのですか？」

「お前ならば、話に夢中になって、邪気祓いとしての本分を忘れる、などということはないだろうからな。死んでも、帝のことはお守りしろ。——志貴様、俺たちは、しばらく外しましょう。帝がお目覚めになるのは昼過ぎですからね」

「分かった。お前に指図されるのは気に食わないが、顔を出したいところもあるからな」

志貴は不貞腐《ふてくさ》れたように言いながらも、威月を引きつれて、時雨とともに何処《どこ》かに向かってしまった。

その場には、真緒と智弦の二人だけが残された。

「息災《そくさい》だったか？　真緒」

「うん。智弦様も元気そうで良かった。あの、七番様《ななばんさま》のことも、ありがとう」

七伏の所有する七番様は、群れなす椿《つばき》の姿をしている。

七伏の者たちは、邪気祓いに向かう際、七番様からつくられた弓をあつかう。先祖たる椿の神とともに、彼らは危険な役目に向かうのだ。

智弦と再会した後、真緒にも七番様の一部が贈られた。それは真緒のあつかう織り機のひとつに姿を変えて、十織邸に置かれている。

（離れていても、七番様が、わたしを守ってくれるように）

智弦たちも、領地に根付く七番様も、真緒の幸福を祈ってくれたのだ。

「礼は要らない。もともと、お前に与えられるものだったから。……一人なのか？　終也の姿が見えない」

「終也には、花絲《はないと》で待ってもらっているの。智弦様は、宮中には《悪《あ》しきもの》を祓いにきたの？」

宮中に邪気祓いがいるならば、当然、それは《悪しきもの》が理由だろう。

志貴を除いた皇子たちが、宮中では次々に落命した。その後も、帝が宮中に残ることを選んだならば、帝を守るための邪気祓いが必要だ。

「皇子様たちが亡くなってから、ずっと宮中に留まっている。そもそも、宮中に顕《あらわ》れた一連の炎は、すべて七伏が祓っているからな」

「そっか。志貴様が火傷《やけど》を負った宝庫の火災も、智弦様が祓ったんだよね」

志貴が火傷を負った宝庫の火災、その後に続いた帝都での火の顕れ、志貴を除いた皇子たちが落命した件。

すべてに、智弦は邪気祓いとして関わってきたのだ。

「何度も、何度も顕れる《悪しきもの》だ。祓うことができなかったのか？　という、お咎《とが》めの一つでもあるかと思ったが、それもない。俺が、帝から命じられたのは、宮中に留まり邪気祓いを続けることだけ。……帝は、おそらく《悪しきもの》の正体に心当たりがあるのだろう」

真緒はうつむく。

智弦の予想は、ここに至るまでに、薄々、真緒も感じていたことだった。

「智弦様も、そう思う？　帝が、この《悪しきもの》について、ご存じだって」

真緒は、天涯島《てんがいじま》で《火患い》のことを教えられたとき、帝は《火患い》について何も知らないのだと思った。恭司も、そのように話していたはずだ。

しかし、真実は違ったのだろう。

おそらく、帝は知っていた。国生みの契約に綻《ほころ》びが生まれるとき《火患い》が起きることも、その原因が羽衣姫にあることも。

恭司以外で、帝に《火患い》について教えることのできる人物が、一人だけいた。

（羽衣姫様は、きっと、帝に何か大事なことを話していた。そのなかには、きっと《火患い》のこともあった）

「ああ。だが、帝が、一連の《悪しきもの》について、ご存じだったとしても、……俺は、無理に知ろうとは思っていない」

真緒は弾かれたように顔をあげる。

「どうして？」

「知っていても、知らなくとも、俺が果たすべき役目は変わらないからだ。俺は、いま何が起きているのか、ほとんど何も分かっていないが、それでも構わない。神在に生まれた者として、七伏の当主として《悪しきもの》を祓《はら》うだけだ」

七伏の一族で生まれ育った智弦だからこそ、説得力のある言葉だった。

智弦は、七伏の外に出ることになった真緒と違って、骨の髄《ずい》まで邪気《じゃき》祓いなのだ。

彼にとっては、《悪しきもの》を祓うことこそ本分だ。そこに、どのような背景があったとしても、役目に徹するだけだ。

「わたしは、智弦様みたいにはできないの。そうするべきではないと思っている」

智弦の在り方を否定するつもりはないが、真緒には、そのような在り方はできない。帝を前にするとき、《火患い》の話は避けて通れない。

「それで良い。お前は七伏の者だが、邪気祓いではない。一族の役目を果たす必要もない。邪気祓いとしての役目の代わりに、きっと、お前にしかできないことがある。そのために、終也を置いて、宮中に来たのだろう？」

「うん。智弦様が頑張るように、わたしも、わたしにできることをしたい」

「では、互いに努力しよう。何か、力になれることはあるか？」

智弦は、真緒の在り方を認めたうえで、助力を申し出てくれた。とても嬉しくて、心強いことだった。

「それなら、教えてくれる？　皇子様たちが亡くなったときのことを」

一ノ瀬時雨は、皇子たちが亡くなり、恭司が下手人《げしゅにん》として追われた件について、本当に当たり障《さわ》りのないことしか話さなかった。

必要ないと思ったのか、他に事情があったのか分からないが、この先も触れるつもりはないのだろう。

そのあたりの事情が、宮中で、どのようにあつかわれていたのか。

いま智弦の口から聞いておきたかった。

なにせ、智弦は、皇子たちを死に至らしめた《悪しきもの》を祓っている。それから、ずっと宮中に身を置き、宮中の様子を見ていたはずだ。

「報せを受けて駆けつけたときには、すでに皇子たちは、炎に巻かれて事切れていた。その後、宮中は慌ただしくなった」

「恭司様が、皇子たちを殺した、と。そういう話が出てきたんだよね？」

智弦は、納得がいかないのか、渋い顔をして頷《うなず》く。

「有り得ない話だ。《悪しきもの》を操り、招くようなことができるとは思えない。どこに顕れるか予測ができないからこそ、あれは禍《わざわい》なのだから。……ただ、軍部が動きを見せたことで、まことに恭司様が皇子たちを殺したのではないか、という話が飛び交うようになった。軍部が動いているのは、恭司様を皇子殺しの罪人として捕まえるためだ、と」

智弦の話は、ずいぶんと煮え切らないものであった。

つまるところ、宮中の人間とて、いま何が起きているのか、正確なことは把握《はあく》していないのだ。

恭司のことを罪人と見る向きはあるが、恭司が羽衣姫の子――末の皇子を連れていると いうことも知らない。

末の皇子の生存を知っていたら、もっと大きな騒ぎになっているはずだ。

宮中の者たちは、帝の羽衣姫に対する寵愛《ちょうあい》を苦々しく思っていた。

故に、末の皇子のことを、帝と引き合わせたくない。一刻も早く恭司のことを捕まえて、末の皇子の身を確保しなければならない、と焦っているはずなのだ。

そういった動きがない以上、真緒たちが思っていたとおり、末の皇子が生きていることは、宮中を生きる多くの者たちの耳には入っていない。

真緒は、そこまで考えて、智弦の不安そうな顔に気づく。

「智弦様の思っているとおりだよ。恭司様が、皇子様たちを殺したわけではないの」

これだけは伝えておかなくてはならない。

智弦は、たしか恭司のことを慕《した》っていたはずだ。《神迎》のときも、わざわざ恭司のもとに挨拶《あいさつ》に来ていたくらいなのだ。

恭司の窮状《きゆうじよう》を知って、智弦の胸中は穏やかではなかっただろう。

「そうか。恭司様の仕業《しわざ》ではないと分かっていたが、俺以外の誰かにそう言ってもらえると、ほっとするものだな。……誤解されやすいが、お優しい人なんだ。損得勘定《かんじよう》よりも、情で動いてしまうような」

真緒にも、智弦の言っていることが分かる気がした。

恭司が情で動く人だったからこそ、今回のような事態を招いたのだ。

自分の損得だけを考える男だったら、死んだ羽衣姫のことも、残された帝のことも、とうの昔に切り捨てていた。

末の皇子である綜志郎《そうしろう》のことだって、生まれたとき、そのまま捨て置けば良かった。

恋した女の遺体から、その子どもを取り上げる必要はなかった。放っておけば、その子は、死んだ母の胎《はら》のなかで命を落としたはずだ。

羽衣姫の死こそ、恭司が自由になる最後の機会だったのだ。

だが、恭司は自由を選ばなかった。羽衣姫の子を生かし、帝から隠したうえで、帝の傍《かたわ》らに留まり続けた。

（恭司様の一番の願いは、帝の心を救うことだった。そのために誰が犠牲《ぎせい》になっても構わない、という覚悟を決めていた。……それなのに、きっと、他の人たちへの情も捨てられなかった）

恭司が、今になって動いたことには、様々な理由があるのだろう。

その理由は、恭司に確かめてみなければ分からないが、もうすぐ帝の命が尽きるというときまで、彼は決断できなかったのかもしれない。

羽衣姫の子の生存を、帝に打ち明けることも。

その子に、帝を殺させて、帝の心を救うことも。

智弦の言うとおり、情で動いているからこそ、恭司の行動には、理屈では通らないことが多いのだ。

第一、恭司がもっと冷徹に動く人であったら、ここまで時間を掛けたりしない。

十織の先代が死んでから五年以上も、綜志郎のことを放置したりしなかった。先代が死んだ時点で、すぐにでも終也の力を借りて、先代が切った綜志郎と帝の縁を結び直させるべきだった。

「真緒。さきも言ったとおり、俺は何も知らされなくとも、邪気祓いとしての役目を全《まっと》うするだけだ。だから、お前も何も話さなくて良い」

「わたしが、今回の《悪《あ》しきもの》について心当たりがあっても?」

智弦が祓い続けている《悪しきもの》は、いくら祓っても意味がない。

これは六久野で《火患い》と呼ばれていた厄災《やくさい》であり、国生みの契約に綻びが生まれると生じる。

綻びの原因は、羽衣姫が国生みの契約の証《あかし》のひとつを隠したことにある。

故に、羽衣姫の形見を見つけない限り、いつまで経っても終わらない。

真緒は、智弦の知らない裏側の事情も知っているのだ。智弦の知らない事情こそ、真緒が宮中に来た理由だった。

だが、真緒には、すべてを語ることはできなかった。

火患いが起きた理由は、知っている人間が少なければ少ない方が良い。羽衣姫のことに触れるならば、それは、そのまま綜志郎の出生にも繋《つな》がりかねないのだ。

智弦のことは信頼しているが、綜志郎を連れ帰るために、隠されていたすべてが公《おおやけ》になるかもしれない危険は冒せない。

「心当たりがあっても、何も言う必要はない。……そうだな。それでも、お前が気にするのであれば、こう思ってほしい。俺が、お前の兄様として、お前の前では格好をつけたいだけ、と」

真緒と智弦は、兄妹ではなく従兄妹《いとこ》である。

だが、幼い頃の真緒は、智弦を兄様と呼んで慕っており、智弦も妹のように真緒を可愛《かわい》がってくれたという。

「格好つけなくても、智弦様は格好良いよ」

幼い日のことは、ほとんど憶えていない。しかし、再会してからの智弦のことならば知っているのだ。

いつも真っ直ぐで、邪気祓いとしての役目に誇りを持っている人だ。

「ありがとう。だが、終也には、格好良い、などと言ったことは秘密にしなさい。嫉妬《しっと》するだろうから」

智弦は苦笑いを浮かべた。


空高く太陽が昇った頃、時雨や志貴たちは戻ってきた。

時を同じくして、眠りについていた帝も目を覚ましたらしい。

建物の中から出てきた帝の側仕《そばづか》えたちは、真緒たちに気づくなり、非難するように時雨に視線を遣《や》った。

「困ります、一ノ瀬の御方。あなた以外、誰であろうとも寄せつけぬよう、かたく命じられておりますのに。かように、たくさん引きつれて」

「この前、二上のは中に入れただろう？」

時雨は後ろに控えている二上威月を指さした。

たしかに、以前、威月は帝と面会していた。真緒たちが、天涯島に向かっているときのことである。

「あれは、俺が許されたというよりも、穂乃花《ほのか》……妻のことがあったからでしょう。妻は、帝には、同母の妹として良くしていただきましたから。そもそも、こちらが伺《うかが》うよりも前に、帝の御意志で御前にお呼びいただきました」

「うん？　そうだったか。悪かったな。俺は年寄りだから、すぐ忘れてしまうんだ」

「都合の良いときだけ、年寄りあつかいを求めるのは、みっともないですよ。まさか、十織の娘を、帝のもとに連れてゆく、と約束したことも、お忘れですか？」

威月は、何とかしろ、と言外に圧をかける。あいかわらずの無表情であったが、彼の頭の上では、特徴的な狼の耳が怒りに揺れていた。

同じように領地に《大禍《たいか》》を封じる家であるが、一ノ瀬と二上は対照的な存在である。

宮中でも強い力を持とうとする一ノ瀬と違って、二上は領地に籠《こ》もって役目に徹してきた。神在として、まったく異なる立ち位置をとってきた一族なのだ。

そのことを思えば、時雨と威月が、あまり仲が良くないことも頷《うなず》ける。

「時雨。俺たちは無理でも、どうにかして、真緒だけは通せ。威月の言ったとおり、約束したのだからな」

志貴はそう言って、威月のことを援護する。睨《にら》みあう二人に埒《らち》があかないと思ったのだろう。

「志貴様？　お戻りになられていたのですか」

そこで、帝の側仕えたちは、ようやく志貴の存在に気づいたらしい。

おそらく、彼らは無意識のうちに、志貴のことを頭から排除していた。彼らにしてみれば、志貴という皇子は、すでに気に掛けるような相手ではなかったのだ。

「お前たちは望んでいなかったのだろうが、残念ながら、生きて戻ってきた。異母兄上《あにうえ》たちとは違ってな」

側仕えたちは、ばつが悪そうに、互いに顔を見合わせる。

火傷《やけど》を負い、宮中を出ていかざるを得なかった志貴に同情しているのか。あるいは、自分たちもまた、志貴のことを宮中から追い出した一端である、という認識があり、気まずいのか。

「たしかに、十織の娘と約束したからな。要は、帝の御意志があれば良いのだろう？　しばし待て」

「一ノ瀬の御方！」

建物の中に入ってゆく時雨を、側仕えたちが追いかける。

これから帝に伺いを立てるにしては、あまりにも時雨の態度は軽薄だった。側仕えたちの動揺《どうよう》からも、そのことが良く分かる。

「真緒、勘違いをするなよ。時雨は、自分たちが帝に排除されることはない、と知っているから、あのような態度が取れるだけだ。帝は、神在のことを憎んでいらっしゃるが、容易には手を出せない家もあるからな」

一ノ瀬は、今上帝《きんじょうてい》とは、それなりに良好な関係を築いていた一族なのだろう。

帝は、神在に対して、ことさら強い態度をとってきたが、なかには揉《も》めるのを避けてきた一族もある。

「分かっています。分かっているから、わたしは終也と離縁してきました」

時雨や威月は、真緒のことを十織の娘と呼ぶが、いまの真緒は十織真緒ではない。

真緒の行いが、どのような結果に繋がったとしても、十織に責を負わせないために、終也と離縁してきたのだ。

真緒の頭に、亡ぼされた六久野のことと、荒れ果てた天涯島の光景が浮かぶ。

十織の一族も、花絲の街も、同じ目に遭《あ》わせるわけにはいかない。

しばらくして、戻ってきた時雨は、真緒のことを手招きする。

「お前ひとりならば、構わぬ、とのことだ。だが、そう長居はできないと思え」

「ありがとうございます」

真緒は、一度だけ目を伏せてから、ゆっくりと開く。それから、真っ直ぐ前を向いて、建物の奥へと進んでいった。

◇◆◇◆◇

そこに臥《ふ》せっている人は、まるで枯れ木のように痩《や》せ細っていた。

華やかな文様の寝具が、いっそ、その身の薄さを浮き彫りにしていた。人間ひとりが横たわっているとは思えないほど、ほんのわずかな膨《ふく》らみしかなかったのだ。

真緒は、濃密な死の気配に、あてられそうになった。

帝の病状は聞いていたが、真緒の想像していたよりも、ずっと状態が悪い。まさしく、帝の命は風前《ふうぜん》の灯火《ともしび》だった。

そうであるのに、目だけは爛々《らんらん》と輝いていた。

まるで、彼自身の意志の強さを感じさせるように。

(恭司様は、帝は御心を壊した、と。そう、おっしゃっていたけれども)

壊れてなお、否《いな》、壊れたからこそ、彼のなかには、強く純粋な想いだけが残ったのかもしれない。

神在そのものに対する憎悪と、六久野にいた二羽の梟《ふくろう》への執着だ。

「真緒と申します」

真緒の名乗りに、帝は眉《まゆ》をひそめた。

「十織ではないのか？　時雨から、十織の娘が来た、と聞いているが。たしか当主の妻だろう」

帝の声は、小さく弱々しいものであったが、物言いには、はっきりとした意志が籠められていた。

「十織の当主とは、離縁しました」

「離縁したから、お前が何をしても十織には関係ない、と。詭弁《きべん》だな。無謀《むぼう》にも追いかけてきたのだろう？　羽衣の子を」

羽衣。帝は、まるで夢見るように、女の名を口にした。

「恭司様から、羽衣姫様の子について聞いていらっしゃるのですね」

「宮中に顕《あらわ》れた《悪《あ》しきもの》により、皇子たちが命を落としたとき、恭司が訪ねてきた。あれは、羽衣の子を連れてくる、と言った。十織の先代と共謀し、ずっと隠していたのだ、と。……本当に、生きていたのだな、羽衣の子が」

羽衣姫と、その腹の子が亡くなったとされてから、帝は何を思っていたのか。

宮中の者たちは、帝にとって、羽衣姫こそが特別な妃《きさき》だった、と口を揃えるという。帝と羽衣姫には、そう思わせるだけの強い結びつきがあった。

羽衣姫だけでなく、恭司も含めてだろう。

帝の人生を語るには、六久野で出逢《であ》ったふたりは、切っても切り離せない存在なのだ。

「羽衣姫様の子に、帝位を、と。そう思われていますか？　まだ、志貴様が生きていらっしゃるのに」

真緒は、綜志郎に能力がない、とは思わない。頭の回転がはやく、そのうえ周囲への気遣いも忘れない人だ。

だが、十織家で育てられた綜志郎は、帝の器《うつわ》としては、ふさわしくない。

宮中で生まれ育った志貴と違い、無用な争いを引き起こす。綜志郎自身に責はなくとも、たくさんの血が流れる。

そもそも、綜志郎には神在――六久野の血が流れている。

帝となるのは、神の血を引かぬ皇子だけだ。綜志郎は、羽衣姫の子である以上、帝位にふさわしい皇子ではない。

「羽衣の子に、帝位を譲《ゆず》る。それこそが、恭司や羽衣に対して、私ができる唯一の償《つぐな》いだろう。きっと、羽衣とて望んでいたはずだ」

羽衣姫は、帝の血や地位に固執していたわけではない。

むしろ、その身に流れる血のせいで虐《しいた》げられて、自由になることのできなかった帝のことを案じていたのではないか。

我が子に、帝位を継がせたい、と思うだろうか。

死者の気持ちは分からない。だが、分からないからこそ、決めつけてはならない。

「羽衣姫様に、負い目を感じていらっしゃるのですね」

帝は目を伏せた。長い睫毛《まつげ》が、痩《こ》けた頰《ほお》に暗い影を落としている。

「羽衣は、まぶしい娘だった。我が身を焼かれてしまいそうなほどに。あの娘を前にすると、いつだって私は、天涯島にいた無力な男に戻ってしまう。私が、あの心優しかった娘を、宮中という地獄に引きずり込んだ。羽衣だけではない。あれほど義理堅い恭司のことも巻き込んだ。……私は、その罪を償わなければならない」

かつて、六久野の領地たる《天涯島》にて、三人は出逢った。

六久野という《神在》に虐げられる男と、男を虐げる《神在》に生まれた二人の子どもは巡り合ったのだ。

天涯島の洞窟《どうくつ》に幽閉《ゆうへい》され、身も心も傷つけられている男に、翼を持つふたりの子どもたちは何度も会いに行った。

そうして、彼らは心を通わせた。

羽衣姫と恭司は、閉じ込められて、虐げられていた帝を救いたかった。いつか、帝のことを救って、三人で過ごす日々を夢見たのだ。

しかし、彼女たちは、終《つい》ぞ、自らの手で帝を救うことはできなかった。

帝が天涯島から解放されたのは、その上にいた皇子たちが急死したときだ。

本来、帝位を継ぐような立ち位置ではなかったからこそ、六久野に追いやられて、虐げられたというのに。

皮肉にも、誰も帝位を継ぐ皇子がいなくなったことで、宮中に連れ戻されたのだ。

そうして、彼は望んだわけでもない玉座についた。

即位した帝が、真っ先に行ったのが、六久野に対する報復だった。

帝は、虐げられていた頃の憎しみを捨てることができず、六久野を亡ぼした。誰よりも帝を救いたいと願っていた羽衣姫と恭司は、家も故郷も失い、翼を奪われて、宮中に囚われることになった。

互いを大切に思いながらも、誰も救われることのなかった過去があった。

それは、当事者たる三人以外にとっては、とうの昔に終わったはずの物語だった。

当事者だけが、いまも血を流している。どれだけ苦しみ、もがこうとも、幕を下ろすことができずにいる。

「そこに、末の皇子の意志はあるのでしょうか？　末の皇子だけでなく、羽衣姫様の意志も。あなたは、羽衣姫様の気持ちを決めつけているように思えます」

帝も恭司も、綜志郎の意志を無視して、それぞれが思う罪を償おうとしている。

帝と恭司が傷ついているのだとしても、そのために綜志郎の意志が蔑《ないがし》ろにされることは間違っている。

羽衣姫のことも同じだった。

帝と恭司は、彼女のことを理由にするが、本当に彼女の意志を汲《く》み取っているのだろうか。

「羽衣の望みは、別にあると？　我が子に帝位を継がせるのではなく」

「きっと。だから、羽衣姫様の望みを探さなければなりません。そのためにも、どうか、恭司様と、お話ししてほしいのです」

「話ならば、幾度も。長く傍にいたのだから」

「胸のうちを、お互いに打ち明けたことはありますか？　世には、言葉にしなくとも伝わる想いもあります。でも、同じくらい、言葉にすることで伝わる想いもあるでしょう」

帝が決めつけているのは、末の皇子や羽衣の心だけではない。

恭司の心とて、知らぬまま、決めつけているのではないか。

（恭司様と同じだ。きっと、この人たちは、自分の気持ちを相手に伝えなかった。伝えることができなかった。……お互いに、相手を苦しめた、傷つけた、という罪の意識があったから）

「言葉にしなくとも分かりきったことだ。恭司は、私のことを憎んでいる」

真緒の想像を裏づけるように、帝は言い切った。

皆が皆、相手を大切に想いながらも、相手の心から目を逸《そ》らしている。

「いいえ。恭司様は、あなたの心を救いたい、と。長く苦しんできたからこそ、その苦しみから、あなたを解放したい、と。そう思われています」

それは、本来、真緒が伝えるべきではないことだった。それでも、真緒が口にしたのは、真緒の言葉では届かない、意味がない、と分かっていたからだ。

「戯言《ざれごと》を」

帝は、恭司の言葉でしか、恭司の気持ちを受け止めることができない。

恭司とて、もう帝の言葉しか届かない。

「どうか、恭司様と、お話ししてください。あなたが何を望まれているのか。どうしたら、救われるのか。このままでは、恭司様は、恭司様の考えるあなたの幸福を叶えようとしてしまう」

それが、羽衣姫の子——綜志郎の手で、帝を殺させる、ということだ。

「今さら、胸のうちを打ち明けたところで、何が変わるのか。……過去は覆《くつがえ》らない。不自由のまま死んだ羽衣は生き返らない。私が、恭司の愛した羽衣の願いを踏みにじったことも、なかったことにはできない」

深い後悔《こうかい》を滲《にじ》ませた声だった。

もう戻らないものを、取りこぼしてしまったものを思う声は、こんなにも悲痛なものなのか。

「羽衣姫様の願いを、踏みにじった、と。そう思われるだけの出来事が、あなたと羽衣姫様の間にあったのですね。きっと、恭司様も知らない出来事が」

帝は口をつぐむ。

だが、沈黙こそが答えであった。

やはり、生前の羽衣姫は、帝に何か大切なことを話していた。

「それは、きっと、あなたが《火患い》について、ご存じであることとも関係があるのでしょうね」

「あの災いは、もう止まらぬ」

「そう思われるのは、羽衣姫様の形見の在《あ》り処《か》を、ご存じだからでしょうか？　国生みの契約の証《あかし》のひとつ。六久野に伝わっていた、その物の在り処を」

「……知っている。羽衣は、どうして、あのようなものを私に託したのか。託して、そのまま死んでしまったのか」

まるで懺悔《ざんげ》するように、帝のひび割れた唇が震えた。

国生みの契約の証のひとつは、生前の羽衣姫から、帝に託されていたのだ。

「羽衣姫様の心は、羽衣姫様にしか分かりません」

「では、羽衣の心は、この先も分からぬ。死者をよみがえらせることだけは、どのような神にもできないのだから。……それでも、羽衣の形見を確かめたいならば、羽衣のつくらせた庭を掘り返せ。あの庭にある楓《かえで》の下に、薔薇《ばら》の生け垣がある。そこに埋めた」

宮中にある、恭司に与えられた一郭《いっかく》。そこにある庭だろう。

真緒は、《神迎》に参加している終也を待っているとき、その庭を見ている。羽衣姫のつくらせた庭に、羽衣姫の形見が在るのだ。

「羽衣姫様の形見を持ってまいります、恭司様と一緒に。だから、そのとき、あなたの心を、恭司様にお話ししてください」

恭司の名に、帝の瞳が揺れる。

「まだ、恭司のことにこだわるのか。折れないのだな」

「申し訳ありません。諦めが悪いことが性分なのです」

「嫌になる。十番様《じゅうばんさま》の血など流れていないだろうに、十織の先代を思い出す。あれも諦めの悪い男だった。薫子《かおるこ》を渡すまで、まったく引かなかった」

「同じ機織《はたおり》だから、かもしれません」

血の繋《つな》がりはなくとも、機織としての繋がりはある。

「そうであるならば、機織とは、まったく厄介《やっかい》な生き物だ。恭司を連れて、もう一度、会いに来ると良い。まことに羽衣の形見を持ってくることができるならば、私の心など、いくらでも恭司に話してやろう」

「……っ、ありがとうございます」

真緒は深々と頭を下げた。

帝が、胸のうちを恭司に話してくれる、と約束してくれた。

(帝も恭司様も、お互いのことを大切に思っているのに、すれ違っている。それは悲しいことだから)

きっと、帝と話をすれば、恭司は止まってくれる。

一方的に、帝の気持ちを決めつけるのではなく、真っ向から、帝の心を知ろうとしてくれるはずだ。

三・

雲のかかった空から、絶え間なく、雨が降っていた。

六久野恭司《むくのきょうじ》は、宮中にある自分に与えられた一郭《いっかく》で、小さく溜息をついた。

(ひどい雨だ。それに冷える。志信《しのぶ》の身体《からだ》に影響がなければ良いが)

もう長くないであろう帝《みかど》の身には、この天気の悪さも堪えるだろう。だが、もう少しだけ持ちこたえてほしかった。

ようやく、一ノ瀬《いちのせ》の当主代理の手引きで、宮中に入ることができた。

帝都《ていと》に着いてから、少しの足止めを食らうことになったが、まだ帝の命が保たれているならば構わない。

もうすぐ、帝のもとに、羽衣《うい》の子を連れてゆくことができる。

長く、苦しかったであろう帝の生を、幸福な形で終わらせてやれる。

(羽衣。やっと、お前の子を連れて帰ってくることができた)

恭司は、そっと、机上《きじょう》に置いてある古びた万年筆を手に取った。

もう何十年も前のことだ。恭司が、帝の命により宮中に出仕することになったとき、羽衣が贈ってくれた万年筆だった。

大切にあつかってきたものの、歳月には勝てなかったのか、細かい傷が目立つ。

いまも羽衣が生きていたら、あなたが立派に働いてきた証《あかし》、とでも言って、誇らしげに笑ってくれるだろうか。

　万年筆に限った話ではない。

　恭司の持ち物には、いつも羽衣の影があった。

　この部屋にあるものも、すべて、恭司ではなく羽衣の趣味だ。恭司のために、あれこれと手配をしていた女のことを思い出す。

　部屋に面した庭とて、彼女の希望どおりにつくられた。

　本人は、部屋も庭も、終《つい》ぞ見ることはなかったが。

　自分が過ごすわけでもない部屋と庭に、何をこだわっているのか、と当時は思っていたが、羽衣なりに恭司を心配していたのかもしれない。

　恭司が、できる限り穏やかに過ごせるように、と。

　彼女が生きているときは、さして意識することはなかったというのに。

　今になって、あちらこちらに羽衣の存在を感じてしまう。そうして、彼女が亡くなってしまった現実を思い知るのだ。

　いまだに、羽衣が身籠《みご》もり、亡くなるまでの日々を思い出す。

　恭司と違って、羽衣の事情は限られた者たちにしか知られていなかったが、彼女も恭司と同じだったのだ。

そもそも、子を生《な》すことはできないはずだった。

宮中に連れてこられたとき、恭司と羽衣が奪われたのは、背中にあった翼だけではないのだ。

恭司たち以外の六久野の生き残りには許されたが、帝の傍にいる恭司たちには許されなかったものがあった。

恭司と羽衣は、誰の父にも母にもなれぬはずだった。

恭司たちの子どもは、此《こ》の世に生み落とされないはずだったのだ。

即位したばかりの帝の周りにいた者たちは、あらゆる意味で、恭司たちが帝にとって特別であると分かっていた。

だから、これ以上の思い入れを持たせたくなかった。

恭司が、何処《どこ》ぞの女と結ばれて、子を生すことも困る。まして、羽衣に至っては、帝の子を身籠もるかもしれなかった。

そのような未来を、帝の周囲にいる者たちは許せなかった。

（そんな風に考えた連中も、誰ひとり残ってはいないが）

帝の在位が長くなるにつれて、帝の力も大きくなる。即位した頃は、あれこれと口を出していた者たちは、気づけば、帝の周りから消えていた。

そんな頃になって、羽衣は身籠もったのだ。

帝も恭司も、羽衣自身も、ひどく驚いたものだった。

想定外の妊娠《にんしん》であったため、子ができてからの羽衣は、いつも具合を悪くしていた。

腹に子がいると分かったときから、あまり良い状態ではなかった。羽衣も、腹の子が自らの命を脅《おびや》かす存在と気づいていた。

『恭司。わたしたち三人の子よ。約束したものね。いつか、あの人を外に、望む場所に連れてゆく、と。自由になって、三人で幸せになる、と』

羽衣は、愛《いと》おしそうに、日に日に大きくなってゆく腹を撫《な》でた。

彼女の言葉を聞きながら、何をばかなことを、と思ったものだ。

『志信も俺たちも、自由になどなれなかっただろう』

六久野という鳥籠《とりかご》に囚われていた帝は、今度は宮中という鳥籠に入ることになった。道連れとなった恭司と羽衣も、結局のところ、自由にはなれなかった。

羽衣は唇を尖らせた。

『そうね。あのとき夢見た自由は、手に入らなかったのかもしれない。でも、三人で幸せになることは、……三人で家族になることは、できると思わない？　きっと、この子が、わたしたちを幸せな家族にしてくれる。とても楽しみね。どんな子が生まれるのかしら？』

『お前のように、じゃじゃ馬なのではないか？』

『あなたみたいな意地っ張りかもしれない。……でも、いちばん良いのは、志信と似ることね。志信と似たら、ぜったい優しい子になるもの』

羽衣は穏やかな顔で、まだ見ぬ我が子の未来を語った。

彼女こそ、いちばん赤子の顔を見たかっただろうに。

（どうして、お前は死んでしまった？）

目を瞑《つむ》ると、頭の奥で声がするのだ。

赤子を抱くこともできず、死に絶えていった一羽の梟《ふくろう》の鳴き声がする。

羽衣は、臨月のとき命を落としてしまった。あと少しで生まれるはずだった赤子のことを、恭司に託して死んでいった。

命尽きるとき、彼女は笑っていた。

まるで、恭司がいるのならば、ぜんぶ大丈夫、とでも言うように。

（ばかだな。お前がいなくなって、俺たちが大丈夫なわけないだろうに）

羽衣の亡骸《なきがら》から赤子を取りあげて、恭司は途方に暮れてしまった。

羽衣は光のような女だった。果てのない暗闇に、この地獄に差した、失うことのできない一条の光だったのだ。

恭司だけでなく、帝にとっても同じだった。

恭司は自らの掌《てのひら》に視線を落とした。

あの夜、今にも死んでしまうというのに、恭司の手を握った女の力は恐ろしいほどに強かった。

恭司にとって、たったひとつの恋だった。

そして、帝――志信にとっても、たったひとつの恋だったはずだ。

恭司は、そうであったら良い、と思っている。叶わなかった夢の代わりに、恋心くらい、あの女にくれてやってほしかった。

振り返ると、長椅子《ながいす》に身を預けて、浅い眠りに落ちている子どもがいた。

これから父親殺しをさせられるというのに、ずいぶん暢気《のんき》なものだ。

恭司が、赤子だった彼を取りあげたのは、もう二十年ほど前になる。だから、もう子どもと呼べる年齢ではないのだが、まだ年若い雛鳥《ひなどり》のように感じられる。

羽衣の子だから、そう感じるのかもしれない。

その顔は、憎らしいほど、天涯島《てんがいじま》にいたときの帝と似ていた。顔だけでない。誰かを思い遣《や》ることのできる優しいところも、そっくりなのだろう。

恭司は、羽衣の子から目を逸《そ》らして、外廊下《そとろうか》に出た。

骨の多い傘を差して、雨のなか、羽衣のつくらせた庭に下り立った。

楓《かえで》の下にある薔薇《ばら》の生け垣の前で、恭司は足を止めた。

春と秋に咲く薔薇たちは、色とりどりの花をつけている。華やかな外《と》つ国《くに》の花は、羽衣の好んだ花でもあった。

やはり、この庭にも、羽衣の存在が感じられる。どこにも行けない籠の鳥でありながら、外の世界を夢見た女の幻があった。

せめて、その幻を見ないために、恭司は目を閉じた。

「羽衣。お前の子は、志信に似た。お前は、そのことを知ることもなかったが。……お前は幸せだったか？　最期《さいご》、あのように笑って」

恭司の問いに、答える声はない。

死者は、よみがえらない。

彼女が何を思っていたのか、永遠に知ることはできない。

（お前の気持ちは分からない。だが、生きている間、お前はずっと志信のことを救おうとしていた。それだけは揺らぐことのない真実だろう？　俺たちは昔から似ている。いつだって同じものを好きになる、同じ人を愛するのだから）

羽衣も恭司も、同じように志信という人を愛している。

天涯島で出逢《であ》ったときから、あの美しい人を苦しみから解き放ちたい、と願っていたのだ。

故郷を亡ぼされて、多くの同胞《どうほう》を殺されても、その気持ちだけは捨てられなかった。

そのためならば、他の誰が犠牲《ぎせい》になっても構わない。

（俺は、お前の子がどうなったとしても構わない）

志信を救うことができるならば、羽衣の子――末の皇子が、どのような末路を辿《たど》ることになったとしても構わないのだ。たとえ、すべて終わった後、その存在を邪魔に思う者たちに殺されたところで、志信が救われた後ならば関係ない。

自らに言い聞かせるように、心の中で、何度も繰り返す。

「恭司様」

名を呼ばれる。

少女らしい可憐《かれん》な声は、羽衣のものとは似ていないのに、一瞬、恭司は羽衣の声を聞いた気がした。

愚かな勘違いだ。一度も、この庭を見ることのなかった女が、とうに死んでしまった女が、恭司の名を呼ぶはずもない。

目を開くと、招かれざる客がいた。

椿《つばき》色の瞳をした少女が、屋内から、庭にいる恭司のことを見つめていた。その視線の真っ直ぐなところが、恭司には疎《うと》ましかった。

綺麗事《きれいごと》ばかり信じる、何の力もない娘。

その綺麗事を信じるということすら、恵まれた者の特権だと理解していない。

自らの弱さを、運命の残酷《ざんこく》さを突きつけられて、それでも生きてゆくしかなかった者たちのことなど、この娘には分からないだろう。

終《つい》ぞ、恭司には理解できなかった。

終也《しゅうや》は、どうして、このような娘を愛したのだろうか。

◇◆◇◆◇

雨降る庭で、恭司は一人きりで傘を差していた。

「恭司様」

真緒《まお》の声に気づいた途端、恭司は不機嫌そうに眉《まゆ》をひそめた。

この庭は、彼の愛した女性がつくらせたものだ。

真緒のような余所者《よそもの》が足を踏み入れたことに、恭司は強い怒りを覚えているのだろう。もう、以前のように、羽衣姫を知らなかった真緒ではない。彼女のことを知ったうえで、この場に立っているから、恭司はいっそう真緒のことが許せないのだ。

(羽衣姫様。いまは亡き、帝と恭司様の愛した人)

真緒が生まれるよりも前に、彼女は命を落としている。

死者は還《かえ》らない。どのような神にも、人を生き返らせることだけはできないのだ。彼女の想いは、彼女の遺《のこ》してくれたものから想像することしかできない。

傘の陰から、恭司の横顔が見える。

意志の強さを感じさせる、凛《りん》とした顔だった。

六久野恭司は、出逢ったときから、揺らぎを見せない人だった。

そんな風に感じたのは、ずっと昔から、恭司の覚悟が決まっていたからだろう。

恭司は、たくさんの人に対する情に動かされて、迷い惑いながらも、自分の死に時だけは決めていたのだ。

帝の死こそ、恭司が死ぬときだ。

綜志郎《そうしろう》に帝のことを殺させることで、帝の心を救う。そうして、自分も後を追うつもりでいる。

「まさか、宮中にまで追いかけてくるとは思わなかった。終也ならば、決して、このような真似《まね》はしなかっただろう」

「終也にできないことは、わたしがするの」

終也から真緒という名をもらったとき、ふたりで完璧《かんぺき》な名前だと思った。互いに支え合い、補《おぎな》いあって完璧になる名前だった。

だから、終也が手を伸ばせないものは、真緒が手を伸ばして摑《つか》むのだ。

「愚かだな。何ができる？　終也に守られるしかなかった、ただの機織《はたおり》に」

恭司は、おそらく出逢ったときから、真緒のことを嫌っていた。

何の力も持たず、綺麗事ばかりを口にする小娘だと思っている。

今とて、終也や十織《とおり》家への好意だけを理由に、宮中に乗り込んできた真緒のことを非難している。

（恭司様は、わたしに怒っている。六久野のこと、帝のこと、……亡くなった羽衣姫様のことに、わたしが関わろうとしているから）

恭司にとって、一連のことは天涯島と同じだった。

彼にとっての禁足地。何人《なんぴと》たりとも土足で踏み荒らすことは許されない、いっとう大事なものだ。

だが、真緒にも、大切な人たちのために、譲《ゆず》ることができないものがある。

恭司が行おうとしていることは、真緒の好きな人が生きる場所を壊してしまう。

『僕の機織さん』

心のなかで、終也の声を思い出す。

真緒が、此《こ》の世でいちばん大切にしてあげたい人は、いつだって真緒の在り方を認めてくれる。

真緒が機織として生きて、織ってきたからこそ、出逢うことのできた人だった。

暗がりに垂らされた、一条のひかりを憶えている。あの美しい蜘蛛《くも》の糸があったから、いまの真緒が在る。

（終也。わたしは、あなたの機織。織ることで、あなたに見つけてもらった。だから、機織としてのわたしを信じている。誰かのために祈り、織ることで、大切なものを守りたい。なにひとつ、あなたに捨てさせたくない）

過去も、現在も、そして長く続くであろう未来も、終也の幸福を祈っている。

「ただの機織だからこそ、できることがある、と信じているの。恭司様は、わたしのことを余所者と思っているよね。でも、余所者の機織だからこそ、きっと、できることがあるよ」

「お前に、帝の……志信の、何が分かる？　ずっと傍にいた。傍にいながら、俺も羽衣も、苦しむ志信を見ているしかできなかった。もう十分だろう？　あの人は救われるべきだ」

恭司のまなざしを一身に受け止めながら、真緒は怯《ひる》まずに続ける。

「綜志郎が、帝を殺す。それで、本当に帝の心は救われるの？」

誰かの心は、外から覗《のぞ》くことはできない。

帝の心は帝のものだ。帝の心が救われるとしても、その救いは、恭司が決めつけることではない。

雨風が吹き抜けて、楓《かえで》の葉を揺らしていた。

葉と葉が、ざらり、と擦れる音は、まるで誰かの泣き声のようだった。

「では、誰が？　誰が、志信の心を救うことができる」

愛した女を喪《うしな》い、愛する男も喪うであろう人は、血を吐くように問うてきた。

はじめて、六久野恭司という人が、その心の奥深くにある苦悩を曝《さら》け出してくれた気がした。

ならば、真緒は、彼の問いに全力で応えなければならない。

「誰かひとりじゃない。きっと、皆で。恭司様も、亡くなった羽衣姫様も含めて」

帝の心を救う。そう願っていたのは、決して恭司だけではなかった。とうに命を落とした羽衣姫も、長く苦しんできた帝の心を救いたかったはずだ。

彼らだけではない。真緒とて同じだった。

余所者と言われても、綺麗事と誹《そし》られても、まだ間に合うかもしれないことを諦めたくない。

「羽衣は、志信を救うこともできずに死んだ。あれの願いは叶わなかった」

「自分一人では叶わなくても、あなたと一緒なら、と信じて、託したんじゃないの？……ねえ、恭司様。亡くなった人の心は、生きている人間には分からない。でも、遺されたものから、その人の祈りを、願いを汲《く》み取って、想像することはできるよ」

「羽衣が、何かを遺してくれた、と？」

「羽衣姫様は、恭司様と帝を大切に想っていた。だから、あなたが天涯島まで探しに行った《羽衣姫様の形見》がある」

「羽衣が隠した、国生みの契約の証《あかし》となる物か。どれだけ。どれだけ、俺が探したと思っている？　それでも、見つけることができなかった。羽衣が遺したものは、あの赤子だけだった」

愛する女の遺体を前に、血だらけの赤子を抱える恭司の姿が、ありありと浮かぶ。

その赤子の背から、翼を奪い、帝から隠すために十織家に預けたとき、どれほどの葛藤《かっとう》があったか。

救われないのは、帝だけではなかった。

恭司もまた、救われることなく、今日に至った。

やはり、当事者たちにとって、天涯島ではじまった三人の物語は、今も続いているのだ。

癒《い》えることのない傷のように、血を流しながら、幕を下ろすことができずにいる。

真緒は小さく息を吸ってから、庭に下り立った。

雨に濡れることもいとわず、恭司のもとへ駆け寄る。

そこには、此の国に古くから根付いた楓の木と、外《と》つ国《くに》から入ってきた薔薇《ばら》の生け垣があった。

(楓の下にある薔薇の生け垣。そこに埋めた。そう帝はおっしゃった)

恭司は知らなくとも、羽衣姫の形見は、この庭にあった。

真緒は屈み込んで、覚悟を決めるよう、素手で土を掘り起こし始める。何も言わずに、ひたすら土を掘る真緒に、恭司は息を呑《の》んだ。

「やめろ！」

恭司は叫んで、傘を投げ出す。

そうして、彼は真緒の手首を掴んだ。真緒の骨が軋むような強い力だった。

真緒は痛みを堪えながらも、そのまま土を掘り続けようとする。

「やめない。恭司様は、どこを探しても、羽衣姫様の形見は見つからなかった、と言った。きっと、羽衣姫様からも何も教えられてないんだよね。でも、教えられてなくても、本当は、……本当は、分かっていたんじゃないの？」

恭司は、形見の在り処《あか》を、とうに勘づいていた。

正確には、在り処ではなく、それが誰に託されたのか、気づいていたのではないか。

気づいていながらも、確かめることができなかったのだろう。

恭司も帝も、どれだけ長く傍にいても、否《いな》、長く傍にいたからこそ、互いの心のうちを打ち明けることができなかった。

恭司は、帝の心を知らなかったから、確かめる勇気を持てなかったのだ。

「違う。俺は何も知らない。何も分かってなど……」

「羽衣姫様が、本当の意味で頼りにできたのは、恭司様と帝だけだった。あなたに託されていないのなら、残っているのは帝だけだよね。あなたは、羽衣姫様の形見が、帝に託された、と分かっていた。分かっていながら、ずっと確かめることができなかったんでしょう？」

真緒の手首から、恭司の手が離れていった。恭司は唇を嚙《か》んで、力なく、だらりと腕を下ろす。

悲しみに肩を震わせる恭司に、真緒は続ける。

「恭司様は怖かったんだよね、羽衣姫様の形見を知ることが。帝と、羽衣姫様の話をすることが」

「……っ、形見など要らなかった。羽衣の子も同じだ。それらは、羽衣の死を思い知るだけで、何の救いにもならない。《火患《ひわずら》い》が続いて、此の国が亡んだとしても。羽衣の死に向き合うくらいならば、その方が、ずっとマシだろう。帝……志信だって、きっと、同じように思っている。だから、志信は、羽衣の形見のことを黙って、俺には何も話さなかった」

「本当に？　帝は、羽衣姫様の形見の在り処を話してくれたよ。あなたが訊いたら、答えてくれたかもしれない。恭司様は、ずっと、帝のことを大切に想っているのに。どうして、帝の心から目を逸《そ》らすの？」

真緒は、花絲《はないと》の街で、恭司と出逢《であ》ったときを思い出す。

あのとき、土産話《みやげばなし》のひとつくらい見繕《みつくろ》っておかなくては、と恭司は零《こぼ》していた。その土産話が、宮中で生きるしかなかった帝への土産話だと、いまの真緒には分かる。

恭司のなかには、いつだって帝の存在があった。

「どうして、……どうして、真っ直ぐ見つめることができる？　俺たちが志信の心を壊したというのに」

「真っ直ぐ見つめないと、何も見えないよ。あなたが大切にしたいものだって見えなくなっちゃうよ。――恭司様、憶えている？　あなたは、好きなことをして、好きなように生きる方が後悔《こうかい》しないって、言ったことがある。でも、わたしには、今のあなたが後悔でいっぱいに見える」

　この人は、たくさんの後悔に足を取られて、立ち尽くしている。苦しいのに、助けを求めることもできないまま、一人きり、もがいている。

「好きなことをして、好きなように生きる。それは、恭司様にとっては、自分勝手に生きるということじゃなくて。帝が幸せになれるよう、自分にできることをする。きっと、そういうことだよね」

「俺だけではない。羽衣だって同じだったはずだ。羽衣は、此の世の誰よりも、志信のことを愛している。そうであってほしかった。……だから、本当は」

　恭司の声は震えていた。

「綜志郎のことが、憎い？」

　綜志郎に罪はない。だが、恭司からしてみれば、羽衣姫の命を奪った子どもだ。

「腹の赤子など、捨ててしまえ、と思ってしまった。そんな子どもよりも、志信を選んでほしかった。だが、愛《いと》しそうに腹を撫《な》でて、生まれてくる赤子の幸福を祈っていた羽衣には、口が裂けても言えなかった」

真緒は、土を掘り返していた手を止めて、立ち上がった。

降りしきる雨のなか、立ち尽くす恭司の手を、そっと両手で包む。

骨ばった手は、皺《しわ》もなく滑らかな肌をしている。姿かたちだけならば、真緒や終也とも、それほど歳《とし》の離れた男には見えない。

だが、実際は、真緒たちよりも、ずっと長い時を生きていた人だ。

真緒は、事実として理解していても、本当の意味で、恭司の過ごした長い時に思い馳《は》せることはなかったのかもしれない。

「恭司様が怖いのなら、わたしが一緒に確かめるよ。羽衣姫様の形見を」

「お前がいたところで、俺の恐怖は変わらない」

「そうかな？　わたしだから、良いんだと思うの。だって、わたしは、恭司様にとって道端の石ころみたいなものだから。あなたは大事な人を前にするほど、臆病になる人でしょ？」

「俺のことを、格好つけのように言うな」

「格好つけだとは思っていないよ。大事な人の前では、強い自分で在りたい、と。そう思っていたんだよね」

だから、真緒のように、恭司にとっては価値のない人間の前でこそ、彼は弱さを見せることができるのではないか。

「お前に何が分かる。不愉快だ」

「ごめんなさい。でも、不愉快でも、わたしと恭司様は、同じ目的のために協力できるはず。……恭司様。恭司様の、本当の望みは？　願いは？」

「羽衣の子に、帝を殺させる」

「どうして？」

「志信を救うために」

「そうだよね。恭司様の願いは、《帝を救うこと》。綜志郎に帝を殺させることは、帝の心を救うための手段であって、目的ではないの。……帝の心も知らないのに、そうやって決めつけるのは違うと思う」

「だから、志信と腹を割って話せ、と？」

「うん。帝の心を知らないまま、綜志郎に、ひどいことをさせないで」

血の繋《つな》がった父親を殺させる。

そのような残酷《ざんこく》な真似《まね》をさせたくない。

（綜志郎は、自分が泥を被《かぶ》ることをためらわない。十織家が守られるなら、志津香《しづか》のいる家が保たれるならば、帝のことだって殺せる。でも、そんなことをしたら、二度と、十織家には戻ることができなくなる）

「本気で腹が立ってきた。二十年も生きていないような小娘が、さっきから小賢《こざか》しいことを」

「そうだね。恭司様からしたら、わたしは小さな子どもみたいなものかもしれない。でも、大事なことは分かっているつもりだよ。分かりたいって、思っているよ」

真緒は、恭司の手を放してから、また土を掘り起こしはじめる。

しばらくして、恭司はかがみ込んだ。真緒を助けるように手を動かしはじめる。真緒よりも大きな手は、真緒よりもずっと早く、土を掘っていた。

「羽衣は、俺に赤子を託したとき、自分の遺体は、楓《かえで》の下にある薔薇《ばら》の生け垣のもとに埋めてくれ、と願った」

恭司は懐かしむように唇を開いた。

「ここに羽衣姫様が眠っているの？」

「ここには眠っていない。だが、ここに埋めて、と望んだことに意味があったのだろう。

羽衣は分かっていたのかもしれない。羽衣が死んだとき、志信は羽衣から託されたものを、ここに埋める、と。それを、俺に見つけてほしかったんだ。……ぜんぶ、俺の想像だが、な」

だから、真緒が土を掘りはじめたとき、恭司は止めようとした。

羽衣姫の言葉があったから、ここに羽衣姫が帝に託したものがある、という予感があったのだろう。

「訊いても良い？　どうして、羽衣姫様が、ここに眠っていないのか」

「志信が拒《こば》んだからだ。志信は、羽衣の遺体を離さなかった。羽衣の遺体を抱いて、黙ったまま、ずっと動かなかった。遺体を埋めてやろうにも難しかった」

遺体を抱きしめて慟哭《どうこく》する帝を想像して、真緒は首を横に振った。真緒の想像よりも、ずっと悲しい光景だったろう。

その光景を前にして、恭司も深く傷ついたはずだ。

「恭司様は、そのときも帝と一緒に？」

「もちろん。遺体が腐りはじめるのが、憐《あわ》れでならなかった。しかし、いくら咎《とが》めても、志信は聞きやしない。だから、いろいろと手を回して、羽衣の遺体は、宮中の外へ出すことになった。志信のことを思えば、宮中には置いておけなかった」

それこそ、埋めても掘り返して、いつまでも共にあっただろう、と恭司は苦笑した。

恭司は、羽衣姫の眠っている土地が何処《どこ》かは口にしなかったが、当時、できうる限りの手を打って、いちばん信頼できる場所に眠らせたのだろう。

「帝は、羽衣姫様の眠られている場所を知らないんだね」

「志信に教えることはできなかった。思えば、俺は怖かったのだろう。志信が、羽衣の後を追って、死んでしまうのではないか、と恐れていた」

やがて、雨があがった頃、土のなかから現れたのは鉄製の箱だった。真緒が、泥だらけの指先で箱を開けると、納められていたのは衣のようだった。

しかし、真緒は、それを衣と言っても良いのか迷った。


国生みの契約の証《あかし》のひとつ。

羽衣姫の形見は、無惨にも裂けていた。


真緒は、まるで悔《く》いるような、帝の表情を思い出した。

結果的に形見となってしまったが、羽衣姫は、存命の頃、この衣を帝に託したのではないか。

託された帝は、羽衣姫が死んだ後、この衣を前にして――。

おそらく、このように引き裂いてしまった。

(衣が裂けた。証が傷ついてしまった。だから、《火患い》は起きた。国生みの契約に綻《ほころ》びが生まれた)

隠されていたことが理由ではなく、損傷していたことに問題があったのだ。

おそらく、神在《かみあり》としての六久野の役目には、国生みの契約の証のひとつを守ることもあったのだろう。

恭司たちの口ぶりでは、国生みの契約の証は複数ある。

しかし、複数あるからといって、何かが欠けても問題ない、とはならない。

契約の証は、ひとつでも損《そこ》なうわけにはいかない。

証すべてが、完璧な形で保たれていること。

それが、旧《ふる》き女神と帝の祖《そ》が交わした契約の条件に含まれていたのだろう。

帝は、《火患い》を引き起こしたのが、羽衣姫ではなく自分であると知っていた。

その禍《わざわい》が止まらぬことも分かっていたから、志貴《しき》が火傷《やけど》を負った宝庫の火災のときも、帝都に炎が顕《あらわ》れたときも、皇子たちが亡くなったときも、何も言わなかった。

この二十年間、此《こ》の国の各地で起きていた《火患い》のことを、帝は、ずっと見ないふりをしていた。

（此の国を亡ぼしたい、と。心の奥底で、そう思っていたのは、きっと）

羽衣姫ではなく、帝だったのかもしれない。

恭司を止めて、綜志郎を連れ帰る。

それだけでは足りないのだ。

真緒が願っている、終也の生きる未来を守るためにも、このまま《火患い》のことを放置するわけにはいかない。

真緒は一度だけ目を伏せてから、ゆっくりと開く。

「恭司様。わたしが、羽衣姫様の形見を、国生みの契約の証を直すよ。きっと、この衣が直らない限り、《火患い》は続いてしまうから」

「直す。どうやって？」

「わたし一人では分からない。だから、みんなに力を貸してもらう。……恭司様。この衣を直して、《火患い》を治めることができたら、帝に会いに行ってほしいの。帝の心を聞いてくれる？」

この衣を持ってゆくことができたら、帝は胸のうちを、恭司に話してくれると言った。

（帝は、最初から、そんなことできないって決めつけていた。だから、引き裂かれた衣を

持っていっても意味はない)

真緒に対して、帝は何の期待もしていなかった。

できるはずもないが、完璧《かんぺき》な形となった衣を用意できるならば用意してみろ、と突きつけていたのだ。

「もう、志信の命が持たない」

「必ず間に合わせる。このままでなんて終わらせない。だから、恭司様も、帝の命が続くことを信じて、祈ってほしいの」

根拠のない、無責任な言葉に聞こえるかもしれない。

だが、死の淵《ふち》に立った人が、少しでも長く、その命を繋ごうとするとき、大事な人の声が力になるはずだ。

長くともに在った相手ならば、なおのこと。

「俺に、志信の命を繋ぎ止めることができるのか？　俺は羽衣ではない。羽衣が生きていたら」

「いま生きて、帝の傍にいるのは恭司様だよ。羽衣姫様の分まで、あなたが声を掛けて」

羽衣姫は、最期《さいご》、笑っていたという。

彼女にも心残りはあっただろう。愛する人たちを残して、死出《しで》の旅に向かわねばならなかった無念は、計り知れない。

それでも、笑って旅立ったのだ。

他ならぬ恭司が、生きて、帝の傍にいてくれると信じていたからだ。

（まだ終わっていない。きっと、できることがある）

真緒は、裂かれた衣を汚さぬよう、腕のなかに抱えた。

◇◆◇◆◇

引き裂かれた衣を抱きしめる娘に、恭司は気づかれぬよう溜息をつく。

（直す。どう考えても無理だろうに）

この娘は、織ることにかけては、他の追随《ついずい》を許さぬ優秀な機織だ。

しかし、衣を直すことを専門としているわけではない。

そもそも、もとの形すら分からぬほど引き裂かれた衣は、その道の匠《たくみ》であろうとも修繕《しゅうぜん》することはできないだろう。

いやに冷静になった頭は、この娘には何もできない、と理解している。

それでも、この娘にかけてみたい、と思ってしまったことに、恭司は驚いてしまう。

小さな娘が、どうしてか、十織の先代と重なるのだ。同じように機織であるからか。それとも、同じように、恭司のことを信じるような物好きだからか。

（綾《りょう》。お前の義娘《むすめ》は、お前と良く似ている）

この娘が、終也の花嫁として迎えられたのは、十織の先代が亡くなった後のことだった。二人の道が交わることはなかった。

交わることはなかったというのに、嫌になるくらい似ている。

似ているからこそ、恭司は思い出してしまう。

かつて、十織綾と交わした言葉を。

『恭司様。血は水よりも濃い。けれども、情の方が、ずっと濃いでしょう。はじめは薫子《かおるこ》さんのために迎えたとしても、綜志郎のことを我が子と思っています。俺の子だ、俺が結んだ縁だ。いまの帝とあなたには返さない。あの子を幸せにできるとは思えません』

『息子ならば、終也がいるだろう？』

『終也のことも大事に思っています。でも、綜志郎の代わりにはできない。誰もが、誰かの代わりになることはできません』

誰もが誰かの代わりにはなれない。

恭司とて、羽衣の代わりになることはできない。帝が心から愛し、今も恋をしている女と同じことはできない。

（それでも。俺にできることがあるのだろうか？　摑《つか》めるものがあるのだろうか）

恭司は、土にまみれた自分の手を見つめてから、強く拳を握った。

◇◆◇◆◇

帝都から遠く離れた、花絲の街。

十織邸にある終也の私室は、夜にもかかわらず、明かりが消えることはなかった。

終也は、帝都から届いたばかりの手紙を開く。たとえ夜更けであったとしても、帝都から終也宛《あて》の手紙があれば、急ぎ、届けてもらうよう手配していたのだ。

手紙の差出人は、恭司とは別の学友である。

帝都の《学舎《まなびや》》に通っていた頃の同窓生の一人であり、卒業後は、宮中に出仕している友人だった。

終也は、恭司を追って天涯島に向かう前に、この同窓生に手紙を出していた。その返事が、ようやく届いたのだ。

（恭司の件が、宮中では、どのようにあつかわれているのか。いい加減、少しは確かな情

報が出そろいはじめているはず）

終也たちが天涯島に向かう前、宮中は大変な混乱の渦中《かちゅう》にあった。

志貴の異母兄たちが命を落としたことにより、様々な情報が錯綜《さくそう》していたのだ。

恭司は、皇子たちを殺した大罪人として追われていたが、それとて、誰の思惑が絡み、どういった経緯だったのか、はっきりとしたことは分からなかった。

誰も彼も、おそらく宮中に出仕している人間ですら、あのとき何が起きていたのか、すべて正確には把握《はあく》していなかっただろう。

終也は素早く、手紙の文字を追っていく。

（皇子たちが《悪《あ》しきもの》により命を落とし、恭司の仕業《しわざ》である、という話がまことしやかに流れた。その後、すぐさま軍部が動いたこともあり、一連の出来事は、恭司の罪である、という見方が優勢になった、と）

友人からの手紙は、はっきりとしたことが書かれておらず、あらゆることが曖昧《あいまい》な表現に留められていた。

終也の期待していたような、確かな情報などない。

（宮中は、恭司のことを、皇子たちを殺した罪人として見た。宮中を飛び出した恭司の行方《ゆくえ》も追っていたはず。……けれども、最後の手出しができなかったのでしょうか？）

宮中の者たちは、恭司のことを罪人と看做《みな》しながらも、止《とど》めを刺すための手を持っていなかった。

おそらく、帝の一命がなかったから、恭司を裁くことができなかったのだ。

帝は、恭司を庇《かば》っているのだろうか。

（あるいは、帝は、最初から《火患い》について、ご存じだったのでしょうか？）

帝は、羽衣姫の死後、ずっと続いていた《火患い》の原因を知っていた。皇子たちが死んだ理由も《火患い》と理解していた。

だから、帝は、恭司のことを罪人として裁こうとはしなかった。

「恭司は、羽衣姫が、国生みの契約の証《あかし》を隠したから《火患い》が起こった、と言っていました。六久野に受け継がれていた契約の証は、たしかに存在していた。それが羽衣姫の形見」

終也は額に手をあてながら、声に出して頭のなかを整理する。

恭司は、天涯島まで契約の証――結果的に、羽衣姫の形見となったものを探しにいった。その形見が見つからず、今日まで至ったことも本当だろう。

「隠したということは、見つからないだけで、どこかに存在している、ということ。存在しているのに《火患い》は起きてしまった。……契約の証そのものに、何か問題が起きているのでしょうか？」

いずれにせよ、あまりにも情報が足りなかった。

終也は執務室を出て、十織邸を歩く。

いつもの癖《くせ》で耳を澄ましてから、終也は苦笑した。

ふだんの十織邸は、こんな夜更けであろうとも、機織《はたお》りの音がするのだ。夜中まで、真緒が織っているからだった。

終也の機織は、織らずには生きてゆけない人だ。

終也は、無理をしてほしくない、と心配する一方で、心ゆくまで織らせてあげたい、とも思っている。夜中、彼女の織る音を聞いていると、相反する二つの感情に挟まれて、悩ましい気持ちになる。

その悩ましい気持ちすら、贅沢《ぜいたく》なことだった。

真緒が宮中に向かった今は、よりいっそう、そのように感じる。

(寂しい、と。そう思ってしまうのは、君が隣にいることが、当たり前になっていたからでしょうね)

手を伸ばせば届く距離に、恋しい少女がいる。

それは決して当たり前のことではないのに、当たり前と思うくらいには、終也と真緒は一緒に過ごしてきたのだ。

（君は、きっと、いまも頑張っている。だから、僕もできることをする。そう自分に言い聞かせても、会いたい、と思ってしまうのだから困ったものです）

終也は、静まりかえった邸《やしき》のなかを歩く。

向かう場所は、古い記録が残っている書庫だった。

十織が歩んできた歴史を物語るよう、書庫には所狭しと様々な記録が収められている。

終也は、その記録を片端《かたはし》から手に取っては、中身をあらためる。しかし、なかなか目当てのものは見つからない。

（何かしら、六久野にまつわる記録も残っているはず）

十織は、神在の家のなかでは、比較的、外に開けた一族でもある。

十織家の生業《なりわい》を思えば、他家や宮中との繋《つな》がりは、自然と生まれるものなのだ。その繋がりも、今の時代まで十織が続いてきた理由の一つだ。

過去、十織家が受けてきた膨大《ぼうだい》な依頼には、六久野とのやりとりもある。

その記録に、今回の《火患い》と関わるものがあるのではないか。

国生みの契約に綻《ほころ》びが生じたとき、《火患い》が顕《あらわ》れる。恭司の口ぶりでは、過去にも何度か顕れているのだ。

ならば、過去に《火患い》が顕れたとき、六久野は何かしらの手を打っている。

彼らは《火患い》の正体を知っていたのだから、それから身を守るために、十織に魔除《まよ》けの衣を依頼していたのではないか。

おそらく、六久野からの依頼が多かった時期は、過去に《火患い》が起こったときと重なる。

「兄様。何をしているのか知らないけど、私も手伝うわ」

しばらくして、書庫にいる終也を訪ねてきたのは、妹の志津香だった。

「良いのですか？　泣いていたのでしょう」

志津香の目元は、何度も涙を拭《ぬぐ》ったせいか赤くなっていた。化粧《けしょう》をしていないので、余計、赤みが目立っている。

綜志郎の件で、たくさん泣いたのだろう。

志津香は、気の強そうな顔をしているのに、存外、泣き虫なところがある。

「まあ。心配してくださるの？」

「心配もしますよ。君にとっての綜志郎は、半身のようなものでしょう？　本当の弟ではなかったとしても」

綜志郎は、終也や志津香にとっては叔父《おじ》にあたる。

互いを半身のように思い、特別な絆《きずな》を築いていた双子の姉弟は、その実、双子ではなかったのだ。

そのうえ、綜志郎は十織家を守るために、自らを犠牲《ぎせい》にしようとしている。

「ありがとう。でも、泣いてばかりもいられないわ。義姉様《ねえさま》が覚悟を決めて、綜志郎を追いかけてくださった。母様も、兄様も、義姉様のために手を打ったのでしょう？　なら、私だって、いまできることをする」

「頼もしい限りですね。では、手伝ってくださいますか？　六久野からの依頼を探しています」

「いつの？」

「時期は分かりませんが、他家に比べて、六久野からの依頼が多かった頃を探してくれませんか？」

「それなら、けっこう古い時代に、何度かあるはずよ。たくさん依頼があったことも、そうなのだけど。ちょっと不思議だったのよね」

「不思議？」

「まず、魔除けの衣を、たくさん用意してほしい、という依頼がくるの」

彼女のいうところの、たくさん用意してほしい、というのは、終也が想像していたことと重なる。起こってしまった《火患い》から身を守るために、たくさん必要だった、という意味だろう。

「その後、必ず、とある衣の修繕《しゅうぜん》依頼があるの。どの時代も、大した傷ではないのに、わざわざ十織に依頼してきたの。記録を読む限り、ぜんぶ同じ衣よ」

「……その衣は、もともと、十織で織りあげて仕立てたものだったのですか？」

十織家が関わっていたならば、その修繕を、十織に依頼するのは自然な流れだ。

十織の生業は機織りであるが、一族には、それに関係する様々な仕事を担《にな》っている者もいる。数こそ少ないものの、機織りではなく、修繕の依頼を受けることはあるのだ。

十織の糸で織り、仕立てた衣を、十織の糸を使って直してほしい、という依頼だ。

「いいえ。その衣は織りも仕立ても、一切、十織は関わっていなかった。だから、不思議だったのよ」

志津香の言うとおりであった。

それならば、わざわざ十織家に依頼する必要はない。

「十織が関わったわけでもないのに、十織が直した、と」

「それも、わざわざ、修繕に使う糸まで指定してきて、よ。十番様《じゅうばんさま》の糸でも、当主の糸でも構わないが、とにかく十番様の力が宿った糸を使え、という話ね」

「たしかに不思議ですね。ただの衣を直すのならば、十番様の力の宿った糸を使う意味がありません。つまり、ただの衣ではなかったのでしょうね」

六久野は、何度も、同じ衣の修繕を依頼してきた。

それも、おそらく《火患い》が起こっていたであろう時期に。

(六久野は《火患い》を治めるために、何らかの理由で損傷したその衣を、神の力をもって直す必要があった。ならば、その衣が何であるのかなど明白なことです)

国生みの契約の証たるもの。

六久野は、その証のひとつを守り、受け継いでいたのだから。

(真緒は、いつも言っていました。神と人は対立するものではない、と)

神と人は、手を取り合い、一緒に生きている。

互いに憎み、争っているのではない。

真緒の口にした理想こそ、国生みのときの願いであったのかもしれない。

此《こ》の国は、一度は亡びた。だから、帝の祖《そ》は、旧《ふる》き女神と契約した。一番目から百番目までの神を誕生させた。

国生みのときに願われたのは、亡びの運命を覆《くつがえ》すこと。

(だから、火患いの原因は、人と神が力を合わせることで乗り越えられる。そうでなくて

はならない）

国生みのときの契約、その証となるものは、壊れたら、二度と直せないものでは意味がない。

人と神が、末永く、いつまでも共にいる限り、何度だって直すことができる。

そうでなくては、また此の国は亡びてしまう。

「志津香。頼み事をしても良いですか？」

「わざわざ質問しなくとも、今ならば、ひとつ返事で、良いわ、と答えるのに」

「これから、とても大きな我儘《わがまま》を言うので、筋は通したかったのです。君の意志を確認したかった」

志津香は、笑いを堪えるように、口元に手をあてた。

「筋。兄様が、そんなものを気にされるなんて。あなたは、本当に欲しいものがあるときは、筋も道理も関係なく手を伸ばすでしょうに」

「ひどい言い様ですね」

「でも、間違ってはいないでしょう？」

「はい。僕は、たいがい自分勝手で、我儘です」

「自覚があるのなら良かった。あなたは、義姉様のことになると、いつもそうよ。――どんな我儘でも良いわ、何でもおっしゃって。私で埋められる穴なら埋める、私だけで足りないなら母様や一族を引っ張り出すから」

「君には、いつも助けられてばかりですね」

「それで良いのよ。いつも、義姉様は言うでしょう？　皆で、と。私たちは家族だから、兄様だけが、ぜんぶを背負う必要はない」

甘くて優しい、それ以上に心強さを感じさせる言葉だった。

真緒が嫁《とつ》いでくる前の志津香だったら、終也に向かって、こんな風に言葉をかけることはなかっただろう。

以前の志津香は、終也のことを恐れていた。終也もまた、自分を拒み続ける家族のことが怖かった。

ばらばらになっていた家族を結んでくれたのが真緒だった。彼女がいるから、自分たちは家族として力を合わせて、未来を夢見ることができる。

「頼りにしています。まずは、織り機の手配を、お願いできますか？　真緒が必要とするかもしれません」

終也の機織は、政《まつりごと》は分からない、難しいことは知らない、と謙遜《けんそん》するが、大事なものは見落とさない。

真緒は、きっと、羽衣姫の形見に辿《たど》りついている。

ならば、その形見がどのような状態にあったとしても、直そうとするはずだ。

（さて。小さな傷ならば、僕の心配は杞憂《きゆう》に終わります。でも、最悪の事態も有り得ますからね）

終也は臆病なので、最悪の場合を考えて、今のうちに打てる手は打っておきたい。

四.

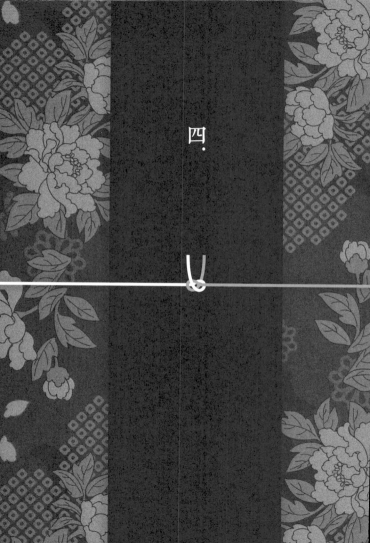

真緒《まお》と恭司《きょうじ》が、庭から屋内に戻ると、そこには綜志郎《そうしろう》がいた。

雨に打たれて、ずぶ濡れになった真緒たちを前にして、綜志郎は呆《あき》れたように腕を組んでいる。

「ちょっと俺が休んでいる間に、いったい、何があったわけ？」

綜志郎は、欠伸《あくび》をかみ殺しながら、怪訝《けげん》そうに眉間《みけん》にしわを寄せた。どうやら、中で休んでいたところ、真緒と恭司のやりとりに目を覚ましてしまったらしい。

「綜志郎。良かった、元気そうで」

「あいかわらず気の抜けるような、暢気《のんき》な顔をして。そんなんじゃ誤魔化《ごまか》されないから。どうして、義姉《ねえ》さんが宮中にいるわけ？」

「綜志郎を迎えにきたの」

「ばかなことを言うなよ。俺のことなんて放っておいて、兄貴と花絲《はないと》にいれば良かっただろう？　夫婦なんだから」

「終也《しゅうや》とは離縁してきたから」

綜志郎は目を丸くしてから、苦虫《にがむし》を嚙《か》みつぶしたような顔になる。

「兄貴が許さない」

「終也は許してくれたよ。離れていても、心はいつも隣に在るの。わたしも終也も、家族を取り戻すために、できることをしたかっただけ」

「……俺には、十番様《じゅうばんさま》の血が流れていない」

「わたしも同じだよ。でも、わたしは離縁した今も、十織《とおり》にいる人々を家族だって思っている。綜志郎も同じだよね。……今だって、志津香《しづか》のこと、自分の半身だって思っているくせに」

「そこで志津香のことを引き合いに出すのが、義姉さんの嫌なところだよな」

志津香の名を出せば、綜志郎は無視できない。

そのことを知っていたから、わざと志津香の名を出した。

綜志郎は、十織の家族を大事に思っているが、なかでも志津香は特別だった。

血縁上の関係は違ったものの、双子の姉弟として育てられてきた彼女たちの間には、誰も立ち入ることのできない絆《きずな》がある。

互いのことを半身と思うほど、強固な結びつきがある。

「家族って、血の繋《つな》がりだけが、すべてじゃないと思うの。一緒に過ごしていた時間が、積み重ねていたものが、人と人を繋げることもあるよね。血に価値がないとは言わない。でも、それだけが全部じゃない」

「……大事な家族を守るためなら、自分はどうなっても構わない。そういう俺の覚悟は、認めてくれないわけ?」

「あなたの覚悟は立派だと思う。でも、あなたがいないと、みんな悲しむ。今から卑怯《ひきょう》なことを言うね。志津香のこと、泣かせたままでも良いの?」

綜志郎が喪《うしな》われてしまったら、生涯《しょうがい》、志津香は泣き暮らすだろう。大事な半身を、自分のせいで喪ってしまった、と自らを責める。

綜志郎は溜息をつきながら、片手で前髪をかき乱した。

「義姉さんと話していると、調子がくるうんだよな。……どうすんの? あんたが考えていたこと、ぜんぶ義姉さんにひっくり返されるみたいだけど」

綜志郎の視線が、真緒の隣にいる恭司に向けられた。

「どうしようもない。俺は、あなたに、帝《みかど》を殺してほしかった。だが、それでは、帝の心は救われないらしい。まだ、できることがある、と、この娘は言った」

「つまり、俺に帝を殺させるのは、止めるってこと? 兄貴のこと斬り捨ててまで、俺のことを十織から連れ出したくせに」

恭司は気まずそうにうつむく。花絲から綜志郎を連れてゆくため、終也を刀で斬ったときのことを思い出すかのように。

「終也には悪いことをしたが、ひとつ弁明するならば、あれくらいでは終也が死なないことを知っていた。先祖返《せんぞがえ》りだぞ」

「は？　死なないからって、傷つけても良いのかよ。俺は、兄貴と仲良しってわけじゃないけど、あんたのしたことは許さないからな。兄貴だけじゃない。俺の家族を、あんたは傷つけた」

「そのとおりだな」

「そうだろうよ。たくさん反省しろ。……反省して、あんたが俺たち家族を傷つけても叶えたかった望みを、捨てるっていうのなら、話くらいは聞いてやる。協力してやっても良い」

「綜志郎。ありがとう」

終也のために怒ってくれたことも、真緒たちの話を聞こうとしてくれることも嬉しかった。

「義姉さんの礼は要らない。ぜんぶ終わったら、この男に、今まで申し訳ありませんでした、ありがとうございます、って言わせるから。それで？　義姉さん、具体的には何をどうするわけ？　その抱えている襤褸《ぼろき》切れが関係あるの？」

「この衣を直さなくちゃいけないの」

「……どうやって？」

「わたしだけでは分からないから、みんなに協力してもらおう、と思っているの」

真緒の答えに、頬《ほお》を引きつらせたのは恭司だった。

「先ほどから引っかかっていたのだが、お前のいう《みんな》とは、まさか志貴《しき》様たちも含めて、という意味か？」

「もちろん。誰かひとりじゃない。みんなで、いまできることを、いちばん良い形を探してゆくの」

「子どもみたいなことを言うな。過去のことを水に流して、仲良くやっていきましょう、などと言える相手ではない」

「仲良しにはなれなくても、《火患《ひわずら》い》を治めたい、という点は、みんな同じだよ。……恭司様は、ちょっと隠し事が多すぎるよ。あなたが打ち明けてくれたら、力になれることだってあるかもしれないのに」

「そんな簡単な話ではない。志貴様は、俺や羽衣《うい》を恨んでいる。一ノ瀬《いちのせ》だって、ことが終わったら、お前の義弟を殺そうと企《たくら》んでいた。他の連中だって、それぞれ守るべきものが違うんだ」

「簡単な話ではなかったとしても、最初から諦めるべきじゃないと思う。力を合わせることができるかもしれないのに、分かり合えるはずがないって、目を逸《そ》らして、ぜんぶ拒《こば》むの？」

険しい顔になる恭司に対して、真緒は譲《ゆず》らなかった。

二人の間に沈黙がおりる。

それを破ったのは、綜志郎が大きく手を合わせた音だった。

「喧嘩《けんか》している場合じゃねえだろ。もうここまで来たら、これ以上、ことを難しくするのは止めようぜ。第一、帝の命が持たないって思っているなら、いがみ合っている時間がもったいない」

「力を貸してもらえるとは思えない」

「そこは、まあ、義姉さんの手腕に期待ってことで」

「楽観的すぎる」

「いま悲観的になって、何か良いことあるわけ？　あんたの辛気《しんき》くさい顔が、もっと辛気くさくなるだけだろ。誰も得しない」

「綜志郎。あの、ちょっと言い過ぎかも」

恭司は認めないだろうが、いまの恭司は、かなり弱っているのだ。そこに、愛する羽衣姫の子であり、かつ、帝と似た顔をしている綜志郎から傷口に塩を塗られているのだ。

恭司にしてみれば、堪ったものではないだろう。

「これくらいは言わせろよ。俺は、帝都《ていと》までの道中、散々、嫌なことを言われているんだから」

綜志郎は腕を組んで、拗《す》ねたように唇を尖らせた。

◇◆◇◆◇

宮中にある恭司に与えられた一郭《いっかく》。

一本脚の優美なテーブルを囲うように、複数人が集まっていた。

真緒を挟んで、左側には恭司と綜志郎、右側には志貴と二上威月《ふたがみいづき》が立っている。

一ノ瀬時雨《しぐれ》や七伏智弦《ななふしちづる》は、帝や宮中の警備のため不在だったが、その二人については、すでに話がついている。

此《こ》の国が末永く続くことを願っている時雨も、邪気祓《じゃきばら》いである智弦も、《火患い》を治めることに反対する理由がない。

「それで、みんなで仲良く《火患い》を治めましょう、か。阿呆《あほう》なのか？」

片手で前髪をかき乱しながら、志貴は呆《あき》れたように零《こぼ》した。

「志貴様だって、《火患い》が続くのは困るでしょう？　……ごめんなさい。志貴様には、志貴様の苦しみがあるって分かっているのに、力を貸してください、と、お願いします。わたし一人では何もできないから」

「そういう言い方をすることが、お前のずるいところだな。協力してやっても良いが、条件がある。嘘偽りなく、いま起こっていることを、恭司の口から説明させろ。ここまで来て、腹の探り合いをする気力はない」

「構いません。もう隠すようなこともありませんから」

恭司は苦笑して、自らが知っていることを語りはじめた。

「《火患い》は、国生みの契約に綻《ほころ》びが生じるとき顕《あらわ》れます」

国生みの契約――より正確に言うならば、国を生み直すための契約である。

一度は亡びてしまった国を生み直すために、帝の祖《そ》と、旧《ふる》き女神が交わした契約が、一番目から百番目までの神を誕生させた。

帝の祖は、生まれた神々の力をもって、《悪《あ》しきもの》を地の底に封じ、再び人々が生きることのできる国を整えたのである。

「その契約に綻びが生じると、どうして《火患い》が起こる？　疑問だったのだが、そもそも国生みの契約というのだから、国が生み直された時点で、契約は果たされている。今さら綻びたところで、すでに終わっている話だろう」

志貴の疑問は尤《もっと》もであった。

「残念ながら、終わっている話ではありません。国生みの契約により、神在《かみあり》たちが所有する一番目から百番目までの神が生まれた。つまり、その契約なくしては神々は生まれなかった。国生みの契約に綻びが生じるということは、神々の力にある根幹が揺らぐことを意味します」

(糸がなければ、反物《たんもの》も衣も存在しない、みたいなことかな?)

真緒には難しい話であったが、なんとなくならば理解できる。

たとえば、美しい反物があり、そこから衣を仕立てたとする。

その反物も衣も、それだけで成り立っているわけではない。織るための糸が存在しなければ、そもそも、反物も衣も、此の世に誕生しない。

糸を否定することは、そこから生まれた反物と衣の存在も否定することになる。

「端的に言うと、放っておいたら《神在》の連中が力を失ってゆく、という意味で合っているか?」

「最悪に至った場合、そうなりますね。ちなみに、《火患い》というのは、大昔、六久野《むくの》が天涯島《てんがいじま》に封じていた《大禍《たいか》》のかけらです。訳あって、各地に散り散りとなっており、普段は悪さをするものではないのですが……」

「待て。これ以上、とんでもないことを言うつもりなのか？　《大禍》が散り散りになっていた、だと？」

志貴は片手をあげて、恭司の言葉を遮った。

話の成り行きを見守っていた威月の耳が、ぴん、と揺れる。二上家は、その領地に雪害の形をした《大禍》を封じているので、他人事《ひとごと》ではないのだ。

「本当に、大昔のことです。《大禍》は、強大過ぎて祓うことができない《悪しきもの》です。だから、散り散りにする、という試みを行ったそうです」

「祓うことができないほど強大だから、わざわざ神在の家を置いて、その土地に封じているんだ。そんな厄災《やくさい》を、国中に、ばら撒《ま》いたのか？」

「俺たちの先祖が、ばら撒いたことは否定しません。しかし、平時であれば、何の問題もなかったのですよ」

「そっか。国生みの契約に綻びが生じると、神様の力の根っこが揺らいでしまうから。……えと、六久野の力が弱まると、その散り散りになった《大禍》が、《火患い》として顕れてしまうってこと？」

恭司は小さく頷《うなず》いた。

どうやら、真緒の考えは間違っていないらしい。

気を取り直したように、恭司は話を続ける。

「六久野に受け継がれていた国生みの契約の証《あかし》。この衣が保たれているときは、何の問題もありません。しかし、この衣が損傷すると、真っ先に、六久野の力が弱まってしまうのです。結果として、散り散りになった《大禍》が《火患い》として顕れる」

「分からないな。そもそも、帝が六久野を亡ぼした時点で、大きな問題になっていそうだが。あのとき、六番様《ろくばんさま》も、此の国から去ってしまったのだから」

「幸い、六番様が去った後も、六久野の血は途絶えませんでした。俺や羽衣は、子を生《な》すことが難しくなっていたのですが、他の生き残りは違ったので。……六久野の血が残り続ける限り、散り散りになった《大禍》が悪さをすることはありません。それこそ、今回のように、契約の証が損傷しない限りは」

六久野が亡びたとき、女、子どもは生かされた。

六番目の神は去ったものの、此の国には、いまだに六番様の血を引く者たちが息づいている。

(その家が所有していた神様が去って、家が亡んでしまっても、神様の血筋は残るから)

六久野に限った話ではない。真緒が居場所を知らないだけで、此の国には、とうに去ってしまった神の末裔たちも生きているのだ。

「何もかもが、頭の痛い話だな。……分かった。とにかく、この衣――国生みの契約の証のひとつを、直す必要があるのだな。これを直せば、各地で顕れている《火患い》は治まる」

「それだけじゃなくて。帝はおっしゃったんです。この衣と一緒に会いに行ったら、恭司様と話をしてくださる、と。だから、必ず直します」

「そうして、どうやって直すか、という話に戻るのか。堂々巡りだな」

志貴は参ったように肩を落とした。

◇◆◇◆◇

あの後、話し合いは続いたものの、衣を直すための案は浮かばなかった。

宮中に残るわけにもいかず、真緒は、いったん恭司や志貴たちとともに、帝都にある一ノ瀬時雨の館に戻された。

(結局、どうすれば良いのか分からない)

時雨の館にある客室で、真緒は途方に暮れた。

目の前には、ずたずたに引き裂かれた衣がある。

一目見るだけで、直せない、と感じてしまうほど状態の悪い衣だった。

それを前にしたとき、どのようにしたら直せるか、などという答えが浮かぶ者はいなかった。

もしかしたら、十織家で生まれ育った綜志郎が、いちばん頭を抱えていたのかもしれない。

彼は、十織家で、機織《はたお》りやそれに関わる仕事に触れてきた。触れてきたからこそ、直す術《すべ》がない、と感じたのだろうか。

真緒は真緒で、衣を直すような技術は持っていない。

真緒にできるのは織ることだけだった。

(もう時間がないのに)

枯れ木のように痩《や》せ細った帝は、濃密な死の気配を纏《まと》っていた。帝の体調を考えると、ほとんど猶予《ゆうよ》は残されていない。

「義姉《ねえ》さん。ちょっと良いか?」

客室の外から、綜志郎の声がする。

慌てて扉を開くと、綜志郎が立っていた。

「綜志郎?」

綜志郎は呆《あき》れたような、困ったような、そんな顔をしていた。

「義姉さんは、もしかしたら、素直に喜べないかもしれないけど。義姉さんに客が来ているよ」

（お客さん？）

おそらく時雨や志貴たちのことではないだろう。まったく心当たりがなかった。

綜志郎の後ろから現れた人物に、真緒は目を見張った。

「どうして、帝都にいるの？　終也」

花絲の街にいるはずの終也だった。

真緒は、自分が終也に会いたいあまり、幻を見ているのかと思った。だが、幻というには、あまりにも、はっきりとした姿をしている。

「あとは夫婦で勝手にしてくれ」

綜志郎は、ひらひらと片手を振ると、早足で去ってゆく。夫婦喧嘩《げんか》に巻き込まれたくない、とでも言うように。

終也は、薄手の外套《がいとう》を羽織《はお》り、外出の際いつも使っている鞄《かばん》を携《たずさ》えていた。たった今、帝都に駆けつけた、という格好をしている。

真緒はうつむいて、両手の拳を握る。

「……離縁して、って言った」

万が一のとき、十織に悪い影響が及ばないよう、別れを切り出した。覚悟を決めて、帝都までやって来た。

終也とて、すべて受け入れて、送り出してくれたのではないか。

終也は跪《ひざまず》いて、外の冷たさの残る手で、真緒の頰《ほお》を包んだ。宝石のように美しい緑の目に、不安そうな真緒の顔が映し出されている。

そのまま真緒と視線を合わせると、終也は柔らかに微笑《ほほえ》んだ。

「離縁しても、僕が、君を大切に想っていることは変わりません。いつだって、君の力になりたい、と考えています。……ねえ、真緒。僕だって同じなんですよ。君にだけ、苦しみを背負わせたくありません。幸せなことだけではなく、苦しいことも、ともに分けあうのでしょう?」

「十織は、花絲の街は、どうするの?」

この人は、真緒の夫である前に、十織家の当主であり、花絲を治める領主なのだ。

真緒は、終也に対して、何もかも捨てて真緒のことだけを選んでほしい、とは思っていない。

終也が人の世で幸福に生きてゆくために、たくさんのものが必要だった。そこには十織の一族も、花絲の街も含まれる。

「もちろん守ります、十織のことも花絲のことも。でも、君のことも諦めません。僕は、とても我儘《わがまま》なので、ぜんぶ摑《つか》みます。……僕には八本も脚があるので、きっと、ぜんぶ摑めるでしょう？」

暗闇のなか、鞠《まり》のように、八本の脚を丸めた蜘蛛《くも》を思い出す。

終也自身が、ずっと厭《いと》ってきた姿を、ずっと苦しめられてきた姿を、まるで誇るように言うのだ。

「終也」

「君が美しい、と信じてくれる。だから、僕は醜《みにく》くない。間違ってもいない。こんな僕だからこそ、摑めるものがあるはずです」

「わたしは、どちらの終也も大好き。どんな姿でも好きになるよ、好きになったよ」

出逢《であ》ったとき、真緒は彼の姿を知らなかった。

だが、どんな姿であろうとも、好きになるという確信があった。

あのとき抱いた気持ちは、変わらず、真緒の胸にある。

どんな姿でも好きになった。どんな終也のことも、此《こ》の世でいちばん綺麗《きれい》で、美しい人と思っている。

「はい。僕は、君の目に映る僕のことを信じます。君がいる限り、僕は化け物なんかじゃない。この身に流れる血は、僕を苦しめるだけではない。僕に、大事なものを守るための力を与えてくれる。そうでしょう？」

真緒は涙を堪えながら、何度も頷く。

先祖返《せんぞがえ》りとして生まれたことで、たくさん終也の心は傷ついてきた。彼の傷は、決して、なかったことにはならない。

それでも、真緒と一緒に、より良き未来を目指してくれる。

「力を貸してくれる？　わたし一人では、できないことがあるの」

「そのために参ったのです。僕の機織《はたおり》さん、お困り事があるのでしょう？　君が迷子になっているのならば、僕も迷子になります。一人では迷い続けるかもしれませんが、二人なら、歩むべき道を見つけられるでしょう」

真緒と終也は、二人で完璧《かんぺき》だった。

だから、片方に叶えることのできない望みは、もう片方が叶える。そして、それでも届かないならば——。

今度は、二人で手を取り合って、その望みを叶えるのだ。

真緒も終也も、もう孤独ではない。

傍《かたわ》らには、いつだって自分のことを信じてくれる人がいる。

「羽衣姫様の形見を、国生みの契約の証《あかし》を、見つけたの」

真緒は、頬を包んでくれていた終也の手を取って、部屋の中に招き入れる。

衣桁《いこう》にかけられているのは、無残にも引き裂かれてしまった衣だ。

それを衣と知っていたから、辛《かろ》うじて、衣と認識できるだけだ。何も知らない者が見たら、襤褸《ぼろ》にしか見えないだろう。

惨《むご》たらしい有様の衣を前にしても、終也は落ちついている。動揺《どうよう》するのではなく、むしろ納得したような表情をしていた。

まるで、衣が引き裂かれていたことを、予期していたかのように。

「過去、十織家に寄せられた、六久野からの依頼を調べてきました。過去にも何度か《火患い》が起きていたならば、そのとき、もしかしたら、十織も一枚嚙《か》んでいたのかもしれない、と」

終也は、過去に《火患い》が起きた時期に、六久野からの依頼が多くなっていたのではないか、という推測を立てたらしい。

六久野の人間が《火患い》から身を守るために、たくさんの魔除《まよ》けの衣を求めたのではないか、と考えたのだ。

そうして、ある事実が、明らかになったのだという。

「《火患い》が起きたと思われる頃、六久野からは魔除けの反物《たんもの》を織るよう、多くの依頼がありました。――加えて、いつも同じ衣を修繕していたことが分かったのです。とても小さな傷だったようですが、十番様の糸を使って直していたそうです」

その衣の正体は明白だ。

国生みの契約の証のひとつだろう。

「十織が直してきたの？」

「はい。国生みのとき、一番目から百番目の神が生まれました。それは、帝の祖《そ》と、旧《ふる》き女神が契約したからです。一番目から百番目の神は、もともと旧き女神の一部だった、とも解釈できる。だから、国生みの契約の証となるものは、《神在》ならば直せるのだと思います」

「壊れても？」

「壊れたら直すことのできないものでは、意味がありません。此の国は、一度は亡んだのでしょう？　亡んだから、国を生んだ――生み直すしかなかったのです。ならば、同じ過ちを繰り返さぬために、壊れたら取り返しのつかないものを、契約の証にするとは思えません」

此の国は、一度《悪《あ》しきもの》により亡んだ。

はるか昔の国生みは、正しくは、国の生み直しだった。亡んだうえに、もう一度、国をつくるために、一番目から百番目の神が生まれたのだ。

そうして、真緒たちが生きる現在があった。

「旧き女神様も、帝のご先祖様も。きっと、皆が手を取り合って、一緒に生きることを願っていたんだよね」

人も神も手を取り合い、一緒に生きることができれば、生まれ直した国は、二度と亡びることはない。

人と神が共存し、永遠に亡びることのない国。

いつまでも《悪しきもの》を封じ込めて、二度と《悪しきもの》に亡ぼされることのない国だ。

それこそが、国生みの――生み直しのときの願いだったのだろう。

「実際は、人も神も、共に生きることはできませんでした。国生みのときに生まれた一番目から百番目までの神は、半分以上、此の国を去りました。神無《かみなし》と神在の間にある確執も、時が流れるほどに深まっていきました」

「それでも、わたしは信じたいな。今までは歩み寄ることができなかったとしても、これからは変えてゆけるかもしれない。まだ亡びていないよ、此の国は」

真緒は、羽衣姫の形見である衣を、そっと掌《てのひら》で撫《な》でる。

（わたしは、恭司様の言うとおり、ただの機織だった。でも）

「わたしには、たくさんの人を救うような大きな力はない。でも、いま、わたしに見えるものは、手が届くものは、幸せであってほしいと思うの。織ることで、誰かの幸福を祈りたいの」

「君のいう誰かには、帝も含まれるのでしょうね」

「帝は、たくさんの人に、ひどいことをしてきた。それは許されないことだと思う。けど、恭司様たちが、帝の幸福を祈ったことは本当だから。大事な人の幸福を祈って、その人を幸せにしたいと思う気持ちは、わたしにも分かるの」

「綜志郎を連れて帰る、と。そう願った君は、それだけではなく、帝や恭司たちのことも、どうにかしてあげたい、と思ったのですね」

「恭司様を、帝のもとへ連れてゆきたい。この衣が直ったら、帝は、恭司様に、その心を打ち明けてくださるはずだから」

終也は、拙《つたな》い真緒の言葉に、耳を傾けてくれている。

だから、真緒は勇気を出すことができる。恐れることなく、自分の気持ちを打ち明けることができた。

「わたしは、いつも綺麗事ばかり信じている。この先も、ずっと綺麗なことを信じたい。誰かの幸福を祈りたい。まだ終わってないことを諦めたくない」

「僕の機織さんは、どんなにつらく苦しい思いをしても、誰かに優しくできる人ですからね。君の望みは、僕の望みでもあります。君が諦めないのであれば、僕も諦めません。……それに、僕だって、恭司のことを友として思っていますから」

「先代様のことがあっても？」

いまだ、恭司に真相を問うことはできずにいる。だが、彼が十織の先代の死に関わっていたことは確かなのだ。

先代の死は、不幸な事故ではなかった可能性がある。

もしかしたら、恭司こそ殺した犯人かもしれない。

「父様のことも、ぜんぶ終わったら問い詰めなくてはなりませんね。恭司が、父様を殺したのか、殺していないのか。どちらにしても、恭司の言葉を聞きたい、と思います。どちらであっても、恭司が友であることは変わりません」

「恭司様の言葉を聞くとき、傍にいるね」

真緒にできることはないのかもしれない。それでも、終也に寄り添いたかった。

「心強いですね。心配してくれて、ありがとうございます。君がいるなら僕は大丈夫です——だから、僕たちは、いま僕たちにできることをしましょう」

終也は、自らの手を、衣に触れる真緒の手に重ねた。終也の大きな手に包まれると、真緒は何でもできる気がする。

「できることを、一緒に考えてくれる？」

「実は、もう考えてきているのです。真緒は、裂織《さきおり》をしたことはありますか？」

裂織とは、もともとある布地を裂いて、緯糸《よこいと》として織り込むものだ。

幽閉《ゆうへい》されていたときも技法自体は知っていたのだが、その成り立ちについては、十織家に嫁《とつ》いでから、義妹に教えてもらった。

布が貴重であった寒冷地などで行われることが多く、各地から糸を買いつけている花絲の街では、ほとんど見られない技法だという。

また、十番様の末裔《まつえい》として糸を紡《つむ》ぐことのできる十織家でも、まず使われることのない技法だった。

「幽閉されていたときに、少しだけ織ったことはあるの。思い出のある衣を捨てられない人が、少しでも衣を残したいからって、依頼してきたことがあって」

もう着ることができないほど傷んだ衣を、裂いて緯糸とし、新しい反物として織りあげたことがあった。

　終也の視線が、羽衣姫の形見――引き裂かれた衣に向けられる。

「これほど傷んでいるのです。ふつうの方法では、もう修繕《しゅうぜん》することはできません。それならば、いっそのこと裂いて糸にしましょう。新しく反物を織りあげて、衣として仕立て直すのです」

「思い切った方法だね」

「でも、問題ない、と思いませんか？　経糸《たていと》は、僕が紡ぎます。十番様の力をもって直した今までと変わりません。すでに、花絲の街から、裂織をするための織り機も運ばせています。時雨様にお願いして、こちらの館に置いていただきました」

「すごい。準備万端」

「僕は臆病なので、最悪のことも考えてきたのですよ」

「もしかしたら、こんな風に、ひどく傷んでいるかもしれない、って考えたの？」

　終也は、裂織という選択肢《せんたくし》をとらなくてはならないほど、大きく傷んでいるかもしれない、と想像した。

　だから、あらかじめ織り機の手配までしてきた。

「はい。そして、このように傷んでいるとしても、君ならば直そうとする、と信じていました。大丈夫。君ならば、織りあげることができます。僕は、君自身よりも、機織としての君のことを知っているつもりなので」

何も心配していません、と終也は笑った。

（離れていても、心は隣に在る。そう思っていたことに嘘はなかったけど。やっぱり、終也が隣にいてくれると安心する。きっと、大丈夫だって、わたしはわたしのことを強く信じることができる）

終也が信じてくれるから、そんな自分のことを信じることができるのだ。

経糸には、終也の糸を。

緯糸には、羽衣姫の形見を裂いた糸を。

そうして、反物を織りあげて、国生みの契約の証《あかし》のひとつである衣を生まれ変わらせるのだ。

《火患い》を治めるためだけじゃない。この衣を直すことができたら、きっと、帝と恭司様のすれ違いはなくなる）

十番様は縁を司《つかさど》る神だ。

縁とは、人と人との繋《つな》がりでもある。

互いを大切に想いながらも、目を逸《そ》らして、すれ違うしかなかった人たちを、もう一度、結び直そう。

五.

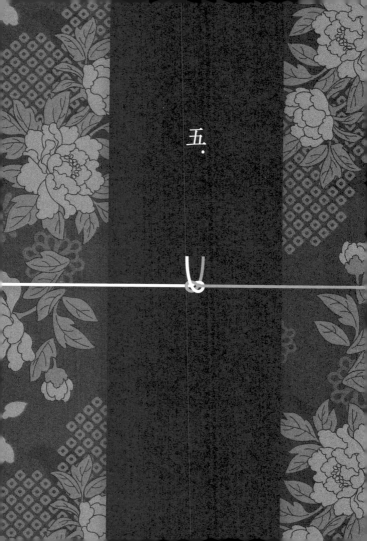

一ノ瀬時雨《いちのせしぐれ》の館にある一室には、終也《しゅうや》が花絲《はないと》の街から運ばせた織り機があった。

真緒《まお》は、目を伏せてから、ゆっくりと開く。そうして、十織《とおり》邸で織っていたときのことを思い出しながら、織り機を動かす。

かたん、かたん、という音が鳴り始めると、あとは息をするように、自然と、真緒の身体《からだ》は動いた。

朝から晩まで、何日も繰り返し、織り続ける。

「寝る間も惜しんで、よくやる」

不意に聞こえた声に、真緒は手を止めた。

いつの間にか、部屋のなかには志貴《しき》の姿があった。

暗がりに揺れる炎のような髪は、普段と違って結ばれておらず、背に流れている。もしかしたら、もう寝る準備を済ませた後なのかもしれない。

いつまでも明かりの消えない部屋に気づいて、声をかけてくれたのだろうか。

「寝る間を惜しむ理由がありますから」

真緒は返事をしながら、再び織り機を動かした。

「お前にとっては、皆、赤の他人だろう？　帝《みかど》も恭司《きょうじ》も、死んだ羽衣姫《ういひめ》も。赤の他人のために、お前が身を削《けず》る理由はあるのか？」

きつい物言いだった。しかし、真緒を責めているのではなく、心配しているが故の言葉と分かっていた。

「赤の他人でも、祈ってはいけませんか？　生きていると、つらく苦しいこともあります。それでも、優しいものを信じていたい。織ることで、誰かの幸せを祈ることのできる自分で在りたい、と思っています。……ありがとうございます、心配してくださって」

「心配などしていない。帝の命が尽きるまでに、間に合うのか？」

「間に合わせます。帝や恭司様、羽衣姫様だけでなく、志貴様のためにも」

「そこに、俺を含めるとは思わなかった」

「志貴様も、帝に情を持っていらっしゃる。割り切れないでいます。だから、あなたのためにも、このまま終わらせるわけにはいきません」

志貴は、帝都行《ていとゆき》の鉄道列車で、帝との記憶を話してくれた。

あのとき、真緒は思ったのだ。

あたたかな関係を築くことはできなかったが、今も変わらず、志貴は帝に情を持っている。志貴の心の深いところには、いまだ、帝に父親としての姿を期待していた日々が残っている。

「あいかわらず、お人好しなことだ。だが、もう俺のことは気にしなくても良い」

「え?」

「あまり多くを背負うな、と言っている。お前の腕は二本しかないのだから、あれもこれもと欲張って、手を伸ばすべきではない。何もかもを背負ったら、いつか、お前が潰れてしまう」

「でも。志貴様は、いまも帝のことを想っていらっしゃるのでしょう?」

「どれだけ想っても、報われることはない、と諦めがついている。……帝の心は、いつも羽衣姫と恭司に向けられていた。それ以外は塵芥《ちりあくた》のようなものだ。だから、帝と六久野《むくの》の関係に巻き込まれて、不幸になった人間のことなど顧《かえり》みなかった。ここまで来たら、どうか死ぬまで、顧みないでほしい、と思う」

真緒の返事など求めていないか。

志貴は自嘲《じちょう》するように続ける。

「死の間際になって、ようやく振り向いてくださるならば、このまま捨て置いてほしい。一途に六久野の亡霊ばかりを見つめて、死んでくれた方が清々する」

志貴の声は、かたん、かたん、と機織《はたお》りの音が響くなかでも、はっきりと響いた。すべての迷いを断ち切ろうとする、強い意志の籠《こ》められた声だった。

「志貴様、ありがとうございます。……あなたにとっては、綜志郎《そうしろう》を殺してしまう方が楽だったでしょう？」

志貴は、綜志郎を殺すだけで、帝位につくことができる。

帝位を争っていた異母兄たちは、皆、命を落とした。存在を隠されていた綜志郎さえ殺してしまえば、志貴と争う皇子はいない。

帝が、いくら綜志郎に後を継がせたいと願っても、綜志郎が死んでしまえば、死者に帝位を継がせることはできないのだ。

「そうだな。殺してしまった方が、ずっと楽だった。だが、その楽な道を選ぶつもりはない。俺の意志で、そう決めた。だから、お前が背負うなよ。俺の心は、俺のものだからな」

「ごめんなさい。失礼なことを訊きました」

「構わない。いい加減、お前の失礼にも慣れてきた」

「それなら、もう一つ、失礼なことを訊いても良いですか？」

「好きにしろ。本当に、遠慮《えんりょ》がなくなってきたな」

「綜志郎は、帝と会ってくれると思いますか？」

「それは知らない。お前が言ったのだろう、誰かの心は、外側からは見ることができない、と。気になるのならば、本人に尋ねろ。行儀《ぎょうぎ》悪く、さっきから盗み聞きしているようだからな」

盗み聞き。思わず、真緒は顔をあげて、志貴の視線を辿《たど》った。

「義姉《ねえ》さん」

綜志郎が、ばつの悪そうな顔をして、部屋の入り口に立っていた。彼は不安そうに、あちらこちらに視線を泳がせている。

「邪魔者は消えるとしよう。俺は、十織の家族とは関係のない人間だからな」

志貴は溜息をつくと、綜志郎に目をくれることもなく、部屋から出ていった。

「綜志郎は、帝に会いたくない？」

綜志郎は答えを探すように、口を開いては閉じることを繰り返す。

真緒は、織り機を動かしながら、綜志郎の返事を待った。

「分からない。……帝は、俺にとって赤の他人だ。六久野恭司に、帝を殺せ、と言われたときも迷いはなかった。十織の家族を守ることができるのなら、何をさせられても構わなかった」

「そっか。わたしは、帝に会っても会わなくても、綜志郎が後悔《こうかい》しない道を選んでほしい、と思うよ。あなたの気持ちを大事にしてほしい」

「あの皇子に、帝と会ってくれると思いますか？　なんて訊いておきながら、どっちでも良いのかよ」

「ごめんね。さっきのは、わたしが悪かったの」

綜志郎の気持ちを蔑《ないがし》ろにしたくなかった。

その一方で、あのとき、真緒は帝に残された、わずかな時間のことを思ってしまった。

「良いよ、許してやる。許す代わりに、……義姉さん、ひどいことを質問しても良いか？」

「なあに？」

「義姉さんは、もし、今になって自分の親が現れたら、会いたい、と思う？　七伏《ななふし》の一族にいた義姉さんの父親が亡くなっているのは、俺も聞いている。でも、母親は？　まだ生きている可能性があるんだろ」

真緒の母は、幼かった真緒を自らの生家に預けて、行方《ゆくえ》を暗ませた。

真緒は、彼女の生死を知らない。

もしかしたら、終也が何かしら調べている可能性もあったが、はっきりとしたことは確かめていなかった。

もう顔を思い出すこともできないが、抱きあげてくれた腕の感触は覚えている。幼い日の記憶なので、真緒の願望かもしれないが、あたたかくて慕わしい腕だった。

すごく嬉しい」

「会いたいのか、会いたくないのか。わたしも分からない。でも、分からなくても、母様が幸せでありますように、と祈っているよ。泣き暮らしているのではなく、笑っていたら、すごく嬉しい」

「不幸になってほしい、苦しんでほしい、とは思わないわけ？　あんたを捨てた人だろ。あんたが虐《しいた》げられていた原因をつくった人だ」

綜志郎の声は上擦っていた。真緒を傷つける言葉を口にしながらも、その実、傷ついているのは彼の方だった。

「思わない。わたしは、誰にも、つらく苦しい思いをさせたくない。みんなが幸せであってほしい」

「義姉さんは、ずっと閉じ込められて、つらく苦しい思いをしてきたのに？　それでも、他人の幸福を祈ることができるのかよ。……っ、俺は、あんたみたいに生きることはできない」

「それで良いよ。わたしとあなたは違う人間だもの。でも、違う人間だけど、手を取り合うことはできるから。わたしが力になれることがあるのなら、遠慮なく頼ってね」

「お人好し」

「ふふ。十織の人たちの《お人好し》がうつったのかも。みんな、わたしを家族にしてくれた優しい人たちだから。……ねえ、綜志郎。あなたも優しい人だから、帝に会うべきか、迷っているんだと思う。どちらを選んでも良いよ。でも、死んでしまった人には、もう二度と会えないことは忘れないでね」

綜志郎と帝の道が交わるとしたら、それは現在《いま》しかない。

縁を切られていた過去でも、帝の命が喪われる未来でもないのだ。

綜志郎は返事をすることなく、黙って、部屋の隅に座り込んだ。しばらくして、織り機の音にまぎれて、小さな寝息が聞こえるようになった。

かたん、かたん、という機織りの音がうるさくないのかと思ったが、すぐに真緒は納得した。

機織りの音は、十番様《じゅうばんさま》の愛した音でもある。

その身に十番様の血は流れていなくとも、綜志郎は十織で育った。彼にとっての機織りの音は、何よりも安心できる、愛《いと》しい音色なのかもしれない。

綜志郎の歩んできた道が、たしかに綜志郎という人を形づくっている。

血筋に価値がないとは言わない。神在という一族にとっても、皇族にとっても繋がれてきた血筋は大切なものである。

だが、その身に流れる血だけが、その人を形づくる全てではない。

「ああ。綜志郎もいたのですね」

「いらっしゃい、終也」

しばらく織り続けていると、今度は、終也が訪ねてくる。

来客の多い夜だった。それだけ多くの人たちが、真緒の織っているものを気に掛けてくれていた。

「綜志郎は、寝ているのでしょうか？」

「いろいろ大変だったから、疲れているんだと思う。休ませてあげて」

肉体的な疲労だけでなく、精神的な負担も重なっているはずだ。

「年は、僕と一つしか変わらないと分かっているのですが、あらためて寝顔を見ると、幼い、と思ってしまいますね」

綜志郎の顔立ちは、実年齢よりも幼く見える。だが、終也が、そのように感じるのは、もっと別の理由だろう。

「綜志郎のことを弟として大切にしているから、幼く感じるんじゃないかな」

守るべき年下の家族という認識があるから、いつまでも幼いと感じるのではないか。

「……？　なるほど」

「あんまり分かっていないでしょう？」

「実感が湧かないのです。君が嫁《とつ》いでくるまで、僕たちは、家族と呼ぶには遠かった。むかしの僕に、帝都まで弟を取り戻しにゆく、などと言っても信じませんよ」

「そうかな？　終也は、うまく気持ちを口にすることができなかっただけで、昔から家族に思い入れを持っていたんじゃないかな」

「家族に思い入れがあるのは、君も同じではありませんか？　十織の家族だけでなく、他の家族のことも」

他の家族。

真緒を虐げていた叔母《おば》や祖父母のことではなく、別の人々のことだろう。すでに亡くなっている父や、七伏智弦《ちづる》に、その従者であった明音《あかね》。そして、もしかしたら、まだ生きているかもしれない母のことだ。

「さっき、綜志郎に、母様のことを質問されたの。会いたい？　って。終也は、母様の行方を知っている？」

「知りません。ですが、君が望むのならば調べましょう。お会いしたいのですか？」

「いまは分からないの。幸せでいてくれたら嬉しいとは思うけど。……他人様《ひとさま》の事情には首を突っ込むくせに、自分のことは棚《たな》にあげているのかな」

「棚に上げているのではなく、蔑《ないがし》ろにしているのでしょう。君は、誰かのために一生懸命になれるのに、自分のことは後回しにしてしまうところがあるので」

「気をつけたいな、とは思っているんだよ。わたしが自分を大切にしないと、終也のことを悲しませてしまうから」

「ええ。大切にしてください、僕が大切に想う君のことを。……本当は、あまり根を詰めすぎないように、と言いたいところなのです。でも、いまは君にとっての頑張り時ですからね」

終也の視線が、織り機を動かす真緒に向けられる。優しいまなざしだった。

「頑張り時だから、わたしのこと信じてくれる？」

「いつも信じていますよ。知っているでしょう？」

「知っているよ。だけど、いま言葉にしてほしかったの。そうしたら、もっとたくさん、頑張るための力が湧くから。——終也、帝都まで会いに来てくれて、ありがとう。自分から離縁して、と言ったのにね。終也が会いに来てくれたことに、すごく勇気づけられたの」

離れていても、心は隣に在るつもりだった。だから、一人でも立っていられる、真緒は真緒のできることをしようと思っていた。

その気持ちに嘘はなかったが、やはり会いたかったのだ。

「どういたしまして。でも、僕は僕で、君のためというよりも、僕のために会いに来たようなものです。君が隣にいないと、寂しくて仕方がなかったのです」

「わたしも一緒」

「お揃いですね」

やがて朝日が昇っても、真緒は手を動かし続けた。

何日も、何日も、根を詰める真緒のもとに、できる限り、終也は寄り添ってくれた。

終也だけではない。たくさんの人が、真緒のことを気にかけて、真緒の背中を押してくれた。


そうして、真緒は反物《たんもの》を織りあげる。


糸が切れたように、床に倒れ込むと、終也が抱き起こしてくれた。大好きな人の腕のなかで、真緒は眠気を堪えながら、何とか口を動かす。

「帝は？」

真緒を気遣ったか、誰もが、帝の容態について口にしてこなかった。

必ず間に合わせる、と強く信じながら織っていたが、まだ、帝の命は残っているだろうか。

「大丈夫ですよ。間に合います。必ず間に合わせますから」

「あとは、任せても良い？」

真緒は機織《はたおり》だから、織ることが仕事だった。織りあげた反物を衣として仕立てるのは、その道の者に任せるしかない。

真緒は、真緒にできることをしたから、あとのことは他の者に託すのだ。

「任されました。だから、少し休んでください。君には、まだ大仕事が残っているのですから。恭司を連れて、帝に会いに行かれるのでしょう？」

終也の言うとおりだった。

帝に会いに行かなくてはならない。帝と恭司が、互いの心を打ち明けて、そのすれ違いをなくすことができるように。

◇◆◇◆◇

人の少なくなった宮中でも、帝のおわす建物は、ことさら静かだった。

帝都に来て、帝と会ったときから、それほど長い時間が流れたわけではない。そうであるのに、以前、訪れたときよりも、帝は見るからに衰弱していた。

真緒が恭司とともに現れると、帝は小さく息を呑《の》んだ。落ちくぼんだ黒い眼が、恭司の姿を捉えて、戸惑いに揺れる。

「本当に、恭司を連れてくるとは思わなかった。羽衣の形見を確かめたのだろう。あれを見て、諦めなかったのか？」

「諦めたくなかったのです。だから、直しました」

真緒は、自分が織りあげた反物から仕立ててもらった衣を、床《とこ》に臥《ふ》した帝にも見えるよう、大きく掲《かか》げた。

経糸《たていと》には、終也の糸を。

緯糸《よこいと》には、羽衣姫の形見を裂いた糸を。

そうして、生まれ変わらせた衣は、国生みの契約の証《あかし》のひとつとして、正しく機能したのだ。

「《火患《ひわずら》い》は、止んだのか」

「はい。もう何処《どこ》にも、炎は顕《あらわ》れていません」

衣が仕立てられたとき、実に呆気《あっけ》なく《火患い》は止んだ。

各地に伝手《つて》を持っている一ノ瀬時雨が、《火患い》の被害がないか情報を集めた。

また、長く《火患い》に関わっていた七伏智弦も、七伏以外の邪気祓いを生業《なりわい》とする神在の家々に声をかけて、《火患い》と思《おぼ》しき《悪しきもの》が顕れていないか確認している。

二人とも、《火患い》は止んだ、という結論を出した。

恭司の知っている六久野の事情を思えば、おそらく間違いではない。

それを裏付けるように、宮中に顕れていた炎はぴたりと止んだ。

国生みの契約にあった綻《ほころ》びは、この衣と同じく直されたのだ。

「羽衣に、その衣を託されたのは、いよいよ臨月を迎えるという頃だった。そのとき、羽衣の知っている六久野のすべてを教えられた」

「羽衣姫様は、きっと、あなたを信頼していたのだと思います」

「私には、とても信頼とは思えなかった。私が、六久野を亡ぼしたことを責めているのかと思った」

「大事なものを託したんです。それが信頼ではなく、他の何でしょうか？　あなたならば、きっと、守ってくださる。正しく受け継いでくださる、と思われたのでしょう」

「……では、私は、羽衣の信頼を裏切ったのだな。羽衣の死を受け入れることができなかった。あんなものを託されるくらいなら、羽衣に生きてほしかった」

そうして、帝は悲しみのあまり、羽衣姫に託された衣を引き裂いたのだ。

「恭司様も、あなたも、いつも羽衣姫様のことを悔《く》いるように言うのですね。でも、そんな風に語ることしかできない人だったのでしょうか？」

羽衣姫は、最期《さいご》まで、帝を、恭司を、我が子のことを、心配していただろう。それでも、笑って、死出《しで》の旅に向かったのだ。

これからも生きてゆく、愛《いと》しい人たちに託していったのだ。

「羽衣姫様の命は、生きた道は、不幸だけでしたか？」

悲しいだけの人生も、憐《あわ》れまれるだけの命も存在しない。精一杯、生きてきた歳月には、確かに幸福な時もあったはずだ。

「不幸だけじゃなかった、と。誰よりも、そう知っていたのは、あなたと恭司様ですよね」

宮中における羽衣姫は、決して、多くの人に祝福される立場ではなかった。だが、そんな彼女が、ここにいたことを祝福する人がいても良いだろう。

確かに、彼女は帝と恭司を愛し、二人からも愛されていた。

床に臥せっていた帝が、恐る恐るといった様子で、手を伸ばした。真緒が織りあげた反物から仕立てられた衣に触れながら、帝は身を震わせる。

「宮中を生きる誰もが、私ではなく、羽衣のことを責めた。私たちのことを語るとき、皆が、口を揃えて、羽衣を、恭司を、悪く言った」

帝の言うとおりだろう。

宮中において、彼らの関係が語られるとき、いつだって悪者とされるのは六久野の者たちだった。

「あなたは、自分が悪い、と責めてほしかったんですね」

「そうかもしれない。私は、ずっと間違えていた。間違えていると知りながら、死ぬこともできず、今日まで生きながらえてしまった。――恭司。羽衣は、最期、どのような顔をしていた?」

羽衣姫が亡くなるとき、傍にいることのできなかった帝は、恭司に問いかける。恭司は、当時のことを思い出すよう、何もない宙を見つめた。

「笑っていました。晴れ晴れとした笑顔でした。何も心配していなかったのでしょう。自分が死んでも、あなたと俺なら大丈夫だと信じていたのです。一人ではなく、二人いるのだから、と」

「そうか。私が道を踏み外しても、お前が傍にいる、と」

「逆も然《しか》り、と思っていたのでしょうね。……まったく、大丈夫ではなかったというのに」

「私もお前も、羽衣の死後は迷子のようであったな」

「仕方ありません。羽衣は、まぶしい娘でした。その光を頼りに、俺もあなたも生きていたのですから。光がなければ、迷子になるのも道理でしょう？」

「違いない。……羽衣に会いたい。もう、此《こ》の世の何処にもいないと分かっていながらも、探してしまう。私には、羽衣の影すら見つけられぬというのに」

「羽衣の影はあります。けれども、あなたのいる玉座からは、遠くて、良く見えないのかもしれません。――志信《しのぶ》。天涯島《てんがいじま》にいたとき、幼く無力だった俺たちは、あなたを連れ出してあげることができなかった」

かつて、皇子であった帝は、六久野の領地たる《天涯島》に囚われて、虐《しいた》げられていた。恭司も羽衣姫も、そのときの帝を救いあげることはできなかった。

帝が、天涯島を出ることができたのは、恭司や羽衣姫のおかげではない。

帝の上にいた皇子たちが亡くなり、帝位を継ぐ皇子がいなくなったから、宮中に呼び戻されただけだった。

天涯島にいたときも、宮中に戻ってからも、帝の意志が尊重されることはなかった。

いつだって誰かの都合により、そこに在るしかなかった。

「あのとき叶えることのできなかった願いを、いま叶えても、よろしいですか？　望んで得たわけではない玉座は、冷たく、苦しかったでしょう？　そんな場所から、あなたを連れていってさしあげたい。羽衣の影が感じられるところに」

「そうか。連れていってくれるのか、私を」

恭司は跪《ひざまず》くと、宝物をあつかうように、帝のことを抱きあげた。


恭司が、帝のことを連れてきたのは、羽衣姫のつくらせた庭だった。

誰もいないはずの庭に、ひとつの人影があった。

「綜志郎」

綜志郎は複雑そうな表情で、真緒たちのことを迎えた。

真緒は知っている。どれだけ悪ぶっても、綜志郎の心根は優しい。

優しいからこそ、帝――血縁上の父である男を前にして、綜志郎は何を言えば良いのか分からなくなっているのだ。

恭司はまぶしいものを見るかのように目を細めたあと、帝を抱きかかえたまま、綜志郎のもとへ向かった。

帝の視線が、ふと、綜志郎に向けられる。

帝は困ったように笑うと、綜志郎に向かって、震える手を伸ばした。

綜志郎は、黙って、帝の手を受け入れた。帝の痩《や》せがれた掌《てのひら》が、綜志郎の顔かたちを確かめるように、ゆっくりと動く。

「六久野の血を引くわりに、羽衣には似ていない。むしろ」

「あんたに似ている、か?」

綜志郎は不貞腐《ふてくさ》れたように言った。

「ああ。六久野にいた頃の、私にそっくりだ」

「それは、さぞかし屈辱《くつじょく》だろうな」

「いや。むしろ、似ていて良かった。お前と向き合うことで、私はようやく、六久野にいた日々を受け入れることができるのだろう。苦しかった、痛かった。だが、あの地にいなければ、羽衣と恭司に出逢《であ》うこともなかった。……羽衣も恭司も、愛《いと》しい小鳥たちだった。どれだけ苦しめるとしても、どうしても手放したくなかった」

翼を奪っても傍にいてほしかった、と、帝は吐露する。

「そ。結局、あんたの心には、六久野のことしかないんだな。自分が、どれだけの人間を苦しめてきたのか忘れたのかよ。あんたが六久野で虐げられていたのは同情するけど、あんたのせいで不幸になった人たちが山ほどいる」

綜志郎の言っていることは、嘘偽りのない真実であった。

帝は、数多《あまた》の妃《きさき》を迎えながらも、彼女たちを顧《かえり》みなかった。生まれた皇子、皇女たちのことも同じで、彼らの中には、帝のせいで命を落とした者たちもいる。

また、帝は神在《かみあり》たちのことを厭《いと》い、排斥《はいせき》してきた人でもある。帝により、苦汁《くじゅう》を嘗《な》めさせられることになった神在の一族も多い。

他にも、たくさんの人々が、帝の在位している間、不幸になっただろう。

綜志郎は、声を震わせながら続ける。

「たくさんの人を苦しめた分だけ、地獄で苦しめ。そんで、いつか、三人で仲良く暮らせよ。今度こそ、何のしがらみもなく、さ。俺を産んだ人は、あんたのことも、そこにいる男のことも、地獄で待っているはずだから」

帝のまなじりを、一筋の涙が伝った。

「羽衣は、待ってくれているだろうか？」

「待っている。羽衣は、そういう娘だ、と知っているだろう？」

帝の問いに答えたのは、綜志郎ではなく恭司だった。

恭司は上半身をかがめて、そっと、帝の額に自らのそれを重ねた。

「恭司」

「あなたと運命を、死に時を共にする。それだけが、あなたを救えなかった俺にできる、唯一の償《つぐな》いだと思っていた」

「お前は、昔から情が深い。意地を張っても、優しさを捨てられない。これと決めたら譲《ゆず》らぬ羽衣と違って、迷い、惑い、傷つく子どもだったな。そんなことさえも、私は見えなくなっていたらしい」

「いくつになったと思っている？　もう、天涯島にいた子どもではない」

「いや、お前の本質は、あの頃と変わらない。私のことも羽衣のことも切り捨てられなかった子どものままだ」

帝の目には、天涯島で出逢った頃から現在に至るまでの恭司の姿が、正しく映っているのだろう。

宮中という鳥籠《とりかご》から逃げることなく、帝の傍に在り続けた恭司の姿が。

「私は、お前たちよりも早く死にたかった。置き去りになどされたくなかった。私の命は短い。お前たちよりも早く死ぬ。そう思っていたのだ」

先に旅立つのは自分で、羽衣姫も恭司も長く生きる。そう信じていた帝にとって、羽衣姫の死は、どれほどの衝撃であったか。

「そうだな。羽衣は、あまりにも早く死んだ。悔《く》いなく、幸せに逝《い》った。悔いたのは、羽衣ではなく俺たちだった。だが、もう俺は、悔いることを止める。志信。あなたに逢えたことを、羽衣と三人でいたことを、いつか命尽きる日まで幸福に思う。二度と悔いたりしない。……ありがとう。俺と羽衣に、たくさんのものを与えてくれて」

「恭司。私は」

帝の言葉を遮《さえぎ》るように、恭司は微笑《ほほえ》んだ。

「愛している。ずっと愛していたよ、あなたのことを。俺は、自ら望んで、あなたのもとに、あなたのつくった籠にいたんだ」

真緒のまなじりから、涙が伝った。

憎しみや恨みだけではなく、深い愛情の込められた言葉であり、声だった。

彼らはたくさんのものを奪われ、同時に、他者からたくさんのものを奪ってきた。罪なき人々ではなく、多くの罪も犯してきた。

それでも、愛し愛されてきたことは、揺るぎのない事実なのだ。

「羽衣と一緒に、地獄で待っていてくれ。たくさん土産話《みやげばなし》を持って、いつか、俺も地獄に向かおう」

夜風が吹いて、楓《かえで》の葉が、ざらり、と揺れる。

その音に混じって、泣き声がする。

帝のものであり、恭司のものであり、もしかしたら、とうに地獄へ向かった羽衣姫のものでもあったのかもしれない。

「いつまでも待っている。だから、どうか死に急ぐな。たくさんのものを見て、いつか、私と羽衣に教えてくれ」

恭司は、大粒の涙を零《こぼ》しながら、何度も頷《うなず》く。

自らの死に時を決めて、帝と運命を共にするつもりだった恭司は、このとき、それを曲げる意志を固めたのだろう。

帝は満足そうに微笑むと、綜志郎に目を向ける。

そうして、綜志郎の顔を見つめながら息絶えた。

まるで、綜志郎に会ったことで、憑《つ》きものが落ちたかのように。

もしかしたら、とうに尽きるはずだった帝の命を、最後の最後まで繋《つな》いだのは、綜志郎の存在だったのかもしれない。

風前《ふうぜん》の灯火《ともしび》であった帝の命は、恭司から告げられた羽衣姫の子――綜志郎の存在により、わずかに延ばされた。

ならば、帝の命は、綜志郎と会うことで絶えるのも道理だろう。

末の皇子こそ、帝の命の炎を消す、最後の風だったのだ。

六・

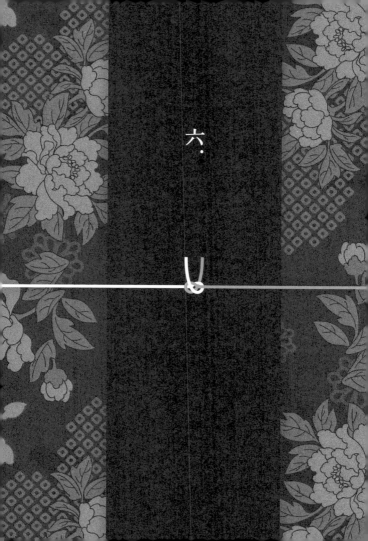

夕風が吹いて、楓の葉を、その下にある薔薇《ばら》の花を揺らしていた。

宮中にある恭司《きょうじ》に与えられていた一郭《いっかく》。

真緒《まお》は一人きりで、羽衣姫《ういひめ》のつくらせた庭を眺めていた。近くには誰もおらず、あたりは静けさに包まれている。

帝《みかど》の死により、宮中は忙《せわ》しない様子であるが、ここだけ別世界のようだった。

長きに渡り、強い力を持っていた帝が崩御《ほうぎょ》した。

宮中に生きる人々にとって、しばらく大変な局面が続くのだろう。

だが、その大変なことの全貌《ぜんぼう》が、真緒に教えられることはない。どうしたって、真緒は宮中にとって余所者《よそもの》でしかない。

唯一、真緒に教えられたのは、あの衣の行方《ゆくえ》だけだった。

(宮中に顕《あらわ》れていた炎は治まった。この二十年、各地で顕れていた炎も、もう顕れることはない。あの衣が保たれる限り)

国生みの契約の証《あかし》のひとつ。

生まれ変わった衣は、宮中にて、厳重に保管されることになった。

本来、それを守っていた六久野《むくの》は亡びた。そのことを思えば、宮中が所持することが、いちばん収まりが良い。

死者の気持ちは分からないが、おそらく、羽衣姫も望んでいた。

生前の羽衣姫が、あの衣を帝に託したのは、亡びた六久野の代わりに、守り受け継いでほしかったからだろう。

これからのことは、真緒たちが口を出すことではない。

宮中を生きてゆく覚悟を持った人たちが、それぞれの立場で、より良き未来を目指してゆくのだ。

「真緒。一人か？」

いつのまにか、真緒の隣には七伏《ななふし》智弦《ちづる》が立っていた。

邪気祓《じゃきばら》いとしての癖《くせ》なのか、足音も気配もなく、本当に、いつのまにか現れていたので、真緒は笑ってしまう。

真緒の反応に、智弦は首を傾《かし》げる。

「ごめんなさい、なんだか懐かしくて。《神迎《かみむかえ》》のときも、こんな風に智弦様が来たことを思いだしたの。あのときも、急に近くにいたから、びっくりして」

終也《しゅうや》が《神迎》に参加する間、真緒は恭司のもとに預けられていた。恭司が、茶菓子を用意してくる、と席を外したとき、智弦が現れたのだ。

いまと同じように、ちょうど庭を眺めているときだった。

「そうだったな。いま思うと、恭司様がいたから、お前と再会することができたのかもしれない」

「どうだろう？　一番の理由は、智弦様が、恭司様のところに挨拶《あいさつ》に来るくらい律儀《りちぎ》だったからかも」

あのときの智弦は、神迎のために宮中に来ていた。特別、恭司に用事があったわけではないのに、律儀に、顔を出しにきたのだ。

「俺を律儀というならば、それは恭司様のお人柄があってのことだ。あの人が、たくさん心を砕《くだ》いてくださったから、その恩に報いなければ、と思っていた。恩人に、失礼な真似《まね》はできない」

「恭司様は、智弦様のことを、たくさん助けてくれたんだね」

「言っただろう？　誤解されやすいが、お優しく、情で動いてしまう人なんだ。昔、当主を継いだばかりの俺のことを、陰から気に掛けてくださった。俺の目が、今のようになったときも、自分の方が痛そうな顔をしていたくらいだ」

智弦は、過去を懐かしむように笑ってから、眼帯に覆《おお》われた左目に触れる。

その眼帯の下を、真緒は知らない。

だが、邪気祓いとしての役目を果たすなかで、大きな傷を負ったであろうこと、すでに視力はなく、光も届かないであろうことは察していた。

「うん。智弦様の言うとおり、優しくて、情で動く人だと思う。恭司様は、素直じゃないから、認めないかもしれないけど」

「ご自分で言っていた。素直になるには歳《とし》を重ねすぎた、と」

「年齢の問題かな？　恭司様が意地っ張りなだけだと思う」

「ふふ。そうか、意地っ張りか。たしかに、あの人は弱さを見せなかった。見せることができない人だった。……恭司様は、どうしたら、素直になることができるだろうか？」

「大丈夫だよ、って、誰かに背中を押してもらえたら、素直になれるかも。恭司様というよりも、わたしだったら、だけど」

誰かに自分の心を打ち明けることは、とても勇気の要ることだ。

恭司のように、大切な人を前にするほど、弱さを見せることができない男ならば、なおのこと。

「なるほど。良いことを教えてもらった。真緒、帰りの列車は、いつになる？　今日のうちに帝都《ていと》を出るのだろう？」

「……？　いちばん遅く、帝都を発《た》つ列車だよ。智弦様は？」

智弦は、宮中にて《火患《ひわずら》い》の対応に追われていたが、それも終わりを迎えた。

最早、宮中に留まる理由がない。邪気祓いとして、あちらこちらを飛び回っている人だから、ずっと宮中にいたことが異常事態だったのだ。

「俺は、すぐにでも帝都を出る予定だ。しばらく不在にしていたから、いったん領地に帰らなければ」

そう言った智弦の心には、領地で待っている女性の姿があるのだろう。幼い真緒が、姉のように慕《した》った智弦の従者は、彼の帰還を待ちわびているはずだ。

「そっか。明音《あかね》にも、よろしく伝えてくれる？　気をつけて帰ってね。ありがとう、たくさん力を貸してくれて」

「何の礼か分からない。俺は、自分の役目を果たしただけのこと」

智弦らしい言葉だった。何があろうとも、どのような事情があったとしても、この人は邪気祓いとしての役目を果たすのだ。

「それでも、ありがとう」

「そうか。では、素直に受け取っておこう。……宮中を出る前に、お前の顔を見ることができて良かった。次も会える、とは限らないから」

邪気祓いは命がけだ。この先も無事に、智弦が生きて帰ることができる、という保証はない。

「わたしも、会えて良かった。また、いつか、と言っても良い？」

「ああ。また、いつか。俺が生きていたら会おう。傍にいなくとも、お前が幸福であるよう祈っている」

「わたしも智弦様たちが幸せであるよう祈っているよ」

智弦は、満足そうに頷《うなず》くと、振り返ることなく歩いていった。

ちょうど智弦と入れ違いになるよう、終也がやってくる。

「智弦様は、もう、お帰りになるのですね。お別れの挨拶はできましたか？」

「うん。他の人にも御挨拶しないと。たくさんの人に、お世話になったから」

真緒だけでは、今日に至ることはできなかった。

恭司の言ったとおり、真緒はただの機織《はたおり》である。何かを変えるための強大な力は持っておらず、織ることしかできない娘なのだ。

たくさんの人が力を貸してくれたから、現在があることを忘れてはならない。

「お世話になった、と言いますけど。君が頑張ったから、きっと、世話をしてくれたのだと思いますよ。お疲れ様です、真緒。よく頑張りましたね」

胸のうちに火が灯るように、じんわりと熱が広がる。

「ありがとう」

労《いたわ》りの言葉は、誰に言われても嬉しいものである。だが、大好きな終也の口から、そう言ってもらえることが、特別、嬉しかった。

終也は、いつも真緒のことを信じてくれる。真緒自身よりも強く、真緒の在り方を認めてくれる。

終也が褒《ほ》めてくれると、真緒は自分を好きになることができる。

「花絲《はないと》に帰ったら、ゆっくりしましょうね。何かしたいことはありますか？　君のことを、思いきり甘やかしてあげたいです」

「それなら、久しぶりに、一緒に花絲の街を歩きたいな」

「花絲で、よろしいのですか？　遠出ではなく」

「花絲の街が良いの。終也と一緒に、終也の大事な街を歩きたい」

「では、そうしましょう」

「楽しみにしているね」

「真緒、終也。こちらにいたのか」

真緒たちが振り返ると、向こうから、志貴《しき》が歩いてくるところだった。彼の後ろには、一ノ瀬時雨《いちのせしぐれ》、二上威月《ふたがみいづき》の姿もあった。

そして、意外なことに、綜志郎《そうしろう》も一緒だった。

志貴も綜志郎も、末の皇子という存在をめぐって、互いに複雑な感情を抱いているはずだった。まさか一緒にいるとは思っていなかった。

「皆様、お揃いですね」

終也が言うと、志貴はわざとらしく肩を竦《すく》める。

「残念ながら、揃っていない」

「あの。恭司様は？」

全員揃っているかと思えば、恭司の姿がなかった。

「俺も知らない。そこの皇子様や一ノ瀬の人のところには顔を出していたみたいだけど」

綜志郎は前髪を触りながら、素っ気なく答えた。

「恭司のやつなら、さっさと宮中を出ていったぞ。その様子では、やはりお前たちは会っていないのだな。十織《とおり》の人間を避けたか」

志貴の言葉に、終也は溜息をつく。

「あの人も困ったものですね。まだ、きちんと話をしていないのに」

終也は、すべてが終わったあと、十織の先代の死について、恭司から話を聞こうとしていた。恭司が挨拶もなく消えたことは、完全に、予想外だっただろう。

「終也。大丈夫？」

「大丈夫です。もう遠慮《えんりょ》するつもりはないので、どうにかして捕まえますよ」

「恭司を捕まえるならば、手を貸してやろうか？　十織の」

時雨は愉《たの》しそうに、終也の顔を覗《のぞ》き込んだ。

「お気持ちだけで結構です。自分で捕まえますよ。一ノ瀬の当主代理、この度《たび》は、たいへんお世話になりました」

「ありがとうございます。お力を貸してくださって」

終也に続くよう、真緒も頭を下げる。

「あらためて礼を言われると、すわりが悪い。薫子《かおるこ》様に、良い格好をしたかっただけだからな」

一ノ瀬時雨は、終也の母――薫子に求婚していた一人だったという。叶うことのなかった恋であるが、時雨にとっては大切な恋だった。

「母様にも、たいへん世話になった、と伝えておきます」

「止めろ、止めろ。格好がつかなくなる」

「お約束したとおり、お礼に反物を織ります。いつでもお申しつけください」

「分かった。うちの当主に伝えておこう」

「よろしくお願いします。織る際には、御当主様から奥方様のお話をお聞きしたいです」

一ノ瀬の当主は、ずいぶん昔に亡くなった妻のために、今も衣を仕立てるような人物なのだという。今も昔も変わらず伴侶《はんりょ》のことを深く愛しているのだ。

愛する人のための衣に使われる反物だ。たくさん話を聞いたうえで、いちばん相応《ふさわ》しいものを織りたい。

「とても長い話になるぞ」

「長くて、とっても素敵な話なんでしょうね」

「気の抜けるような娘だな。まあ、神経質な十織のには似合いか。――十織の、お前には別件で話があるんだ。悪いが少し付き合え」

時雨はそう言うと、終也の肩を抱いて歩きはじめる。終也は困ったように笑いながらも、抵抗することなく、時雨についていった。

終也の慣れた様子に、彼らの関係性が透けて見えるようだった。真緒の知らないところで、真緒には分からない交流があったのだろう。

終也の背中を見送ってから、真緒はあらためて志貴たちに向き合う。

「志貴様も、威月様も、ありがとうございました」

「お前に礼を言われるようなことは、何もしていない。結局、お前を宮中に連れてきたのも、俺ではなく時雨だったからな」

「志貴様がいてくださって、とても心強かったです」

「……義姉《ねえ》さん。礼を言うのは良いけど、あんまり余所《よそ》の男に近づくなよ。兄貴に怒られるの、たぶん俺だから」

真緒と志貴の間に、綜志郎が割って入ってくる。

「兄貴、ね。血縁上は、俺こそ、お前の異母兄にあたるが」

「嫌だね。あんたは、俺の兄貴じゃない。俺の兄貴は、十織終也ひとりだけだから」

「なるほど。ならば、俺にも弟などいない。末の皇子は、この志貴ただ一人だ」

綜志郎は、むっとした顔で、志貴のことを睨《にら》みつけた。

「あのさ。あんたに全部押しつけるから、あとはよろしくって意味なんだけど。それで良いわけ？　皇子様」

「願ってもないことだ。俺は、螟《めい》の遺《のこ》した未来視を叶える。末の皇子が、帝を殺して即位する。間違いではないだろう？　本当の末の皇子であった、お前の存在こそ帝の命を終わらせた。そして、表向きは末の皇子である俺が、即位する」

それは、八塚《やつか》螟の未来視が、真に示していたものとは異なるのかもしれない。だが、志貴の言うとおり、間違いではない。

死者は還《かえ》らない。死者をよみがえらせることだけは、どのような神にもできない。

ならば、生きている者は、故人の遺してくれた想いを汲《く》み取って、故人の幸福を祈るしかない。

そうやって生きてゆくことが、故人への餞《はなむけ》でもある。

「あっそ。じゃあ、俺とあんたは、顔も知らない赤の他人だ。一度だって、俺たちの道は交わらなかった。俺の家族は、五人の両親と、兄貴と義姉さんと、志津香《しづか》だけ。そこに、あんたは入れてやらない」

帝と羽衣姫と恭司、十織の先代と薫子。終也に真緒、志津香。

綜志郎は、家族について指折り数えると、からりとした顔で笑った。

「それで良い。俺も、異母弟など知らない。本当に、螟のやつ、何処《どこ》まで視《み》ていたのだか。これがあいつの望んだ未来なのか？」

「そうでも、そうではなかったとしても。螟様は、きっと、志貴様のことが大切だったんだと思います」

「……知っている」

志貴は、亡き親友を懐かしむよう、そっと目を伏せた。

「わたしも、友として、あなたを大切に思います。志貴様。次に、帝都に来るときは、あなたのために織ったものを持ってきますね」

真緒は、八塚螟の代わりにはなれない。誰もが、誰かの代わりになどなれないのだから、それで良いのだ。

真緒は真緒として、精一杯、志貴の幸福を祈りながら織るだけだ。

「楽しみにしている」

志貴は、火傷《やけど》の残る顔に、優しい笑みを浮かべた。

◇◆◇◆◇

冷たい夜風が、楓《かえで》の木を、色とりどりの薔薇《ばら》の花を揺らしている。

志貴は、主のいない部屋から、瀟洒《しょうしゃ》な庭を眺める。

恭司のいなくなった今、この部屋も庭も、すべて取り壊しても良いのだが、そんな気にはなれなかった。

志貴らしくない感傷だったが、亡くなった帝を偲《しの》ぶ場として、残したい、と思ったのだ。

(俺は、あなたと違う道を行く。あなたの治世とは違う場所を目指す)

志貴は、父と同じ道は歩まない。

綺麗事《きれいごと》だとしても、誰ひとり取りこぼさない国を望む。

たとえ、取りこぼすものがあるとしても、取りこぼしたくない、と願うことは無駄ではない。

そのために、まずは即位するところからだった。

長く、大きな力を握っていた帝の崩御《ほうぎょ》だ。

慣例により宮中は、しばらく喪《も》に服すことになる。

また、これから起きるであろう宮中の混乱や、神在《かみあり》たちとの折衝《せっしょう》を思えば、志貴が即位するには、相応の時間が掛かるだろう。

（それに。俺は、《悪《あ》しきもの》によって穢《けが》れた皇子と思われているからな）

志貴しか帝位を継ぐ者はいないが、すんなり事が進むとは思えなかった。場合によっては、一年くらいかかってしまうかもしれない。

「俺の勝負所は、ここから、か」

ただの機織でしかなかった真緒が頑張ったように、今度は、志貴が力を尽くす番なのだろう。

（そろそろ、列車に乗る頃だろうか？）

夫と義弟を連れて、帝都の駅舎に向かった娘のことを思う。分かりきっていることだが、彼女の帰る場所は、志貴のいる宮中ではない。

あちらこちらで機織《はたお》りの音がする、美しい織物の街。

その街を治める男のもとが、彼女の帰る場所であった。

志貴が彼女と出逢《であ》ったとき、すでに彼女の心は決まっていた。志貴が何を言ったところで、彼女を繋《つな》ぎ留めることはできない。

「よろしかったのですか？」

志貴は、隣に立つ男を見た。

二上威月は、相変わらずの無表情ではある。だが、威月の瞳には、志貴に対する気遣いが滲《にじ》んでいた。

「何が、だ？」

「あなたは、いつも欲しいものを手に入れることができない」

あまりにも正直な言葉に、志貴は面食らってしまう。

「ばか正直に、口にするな」

「申し訳ありません。宮中の流儀《りゅうぎ》など知りませんので」

「まあ、お前はその正直さが、叔母上《おばうえ》に愛されていたんだろうよ。宮中にはない誠実さだ。……お前たち神在とは違って、俺はただの人間だ。欲しいものなど、手に入らなくて当然だった。何が何でも手に入れないと気が済まない、お前たちとは違う」

誰よりも、志貴自身が思い知っていた。

自分は、誰の一番にもなれなかったことを。

八塚螟は、志貴の親友ではあったものの、志貴よりも大切な誰かのために死んだ。二上穂乃花《ほのか》は、志貴に優しさを向けてくれたが、志貴よりも大事な夫がいた。

十織真緒は、出逢ったときから今に至るまで、一途に、終也ばかりを見つめている。

親友にも、叔母にも、好きになった女にも。

決して、一番に選ばれることはなかった。

誰もが、志貴と同じ地獄は歩いてくれなかった。

「良いんだ。欲しいものは手に入らなくとも、大事にされていなかったわけではない。一番ではなくとも、確かな想いを向けてもらった。それだけで、俺は十分以上に幸福だと思わないか?」

亡くなった帝とて、きっと同じだった。

帝は、独りきり、冷たい玉座についていたのではない。孤独のふりをしていただけで、あたたかなものを見ようとしなかっただけで、独りではなかった。

二羽の梟《ふくろう》が、ずっと帝に寄り添っていた。

「あなたが幸福と思うのならば、幸福なのでしょう。俺も、あなたを一番にすることはありませんが、大切に思っていますよ。穂乃花も同じだったはずです」

表情ひとつ変えず、威月はさらり、と言う。

「それは嬉しいことだな。俺は、たくさんの人に想われている」

志貴は目を伏せて、それからゆっくりと開く。

志貴の治世は、順風満帆《じゅんぷうまんぱん》な始まりを迎えることはないだろう。

それでも、志貴はひとつも後悔《こうかい》することなく、宮中に在り続ける。螟の口にした、いつかの未来、はるか先で訪れるであろう志貴の死まで。

(最期《さいご》に、悪くない人生だった、と。そう決めるのは、俺だからな)

できる限り愉《たの》しく、宮中という地獄を生きてゆこう。


深夜になってから、真緒、終也、綜志郎は、帝都の駅舎に向かった。

本日最後の帝都発京行《みやこゆき》の列車は、発車時刻まで余裕があるものの、すでに乗降場に停車していた。

人もまばらになった乗降場に、見知った男が立っていた。

「恭司」

宮中から姿を消した六久野恭司は、ばつの悪そうな顔で、真緒たちのことを迎えた。

「本当は、何も言わずに姿を消すつもりだったのだが、智弦に叱《しか》られてしまった。……お前たちと話をしないまま別れたら、後悔する、と。人は、いつ死ぬか分からない、次も会える、という保証はないのだから、と」

命をかけて邪気祓《じゃきばら》いに臨《のぞ》んでいる智弦だからこそ、強い説得力のある言葉だった。

智弦は、恭司のことを慕《した》っているから、なおのこと言わずにはいられなかったのだろう。

大事な人に、後悔を残してほしくなかった。

（そっか。だから、智弦様、わたしたちが帰る列車のことを気にしていたんだ）

「智弦様が、恭司様の背中を押してくれたんだね」

智弦は言葉を尽くして、恭司のことを勇気づけてくれたのだ。終也に会いに行くことができるように。

「あれは、お人好しだからな。そういうところは、お前とよく似ている。七伏の連中は、皆、そうなのかもしれないが」

恭司は渋い顔をして、真緒のことを見る。

「お人好しは、嫌い？」

「智弦のことは立派な男だと思っているが、そういうところは苦手に思っている。俺は、損得勘定《かんじょう》ではなく、情で動く人間が嫌いなんだ」

真緒は、それは同族嫌悪なのでは、と思った。

「誰よりも情で動いていたのは、恭司様なのに？」

「だから、俺自身のことも好きではなかった。もちろんお前のことも嫌いだ。綺麗事《きれいごと》ばかりの腹立たしい娘。いつか、お前はその綺麗事を信じたことで酷《ひど》い目に遭《あ》うだろうよ」

「いつか酷い目に遭うとしても、わたしは信じるよ。誰かの幸福を祈ることのできる自分で在りたいから」

綺麗事を信じて、誰かの幸福を祈りながら織ることは、機織としての真緒の在り方に繋がる。何があったとしても捨てることはできない信念だった。

「では、最期まで信じろ。絶対に折れるなよ。そうでなくては、お前に感化された俺や志信の立つ瀬がない。お前のことは嫌いだが、感謝はしている。お前のいう綺麗事がなければ、俺たちは自分の心を言葉にしようと思わなかった」

素直ではない言葉に、真緒は笑ってしまう。やはり意地っ張りな人である。

「お礼は嬉しいけど、わたしはきっかけでしかなくて。恭司様と帝が勇気を出したから、お互いの気持ちに向き合うことができたんだと思うの」

「感謝くらい素直に受け取れ。もう二度と志信とは会えない。そのことを悲しく思う一方で、あの人の最期が穏やかであったことを、心から嬉しく思う。きっと満ち足りた気持ちで旅立ったはずだ。愛する羽衣の存在が感じられる場所で、羽衣の子どもに見送られて」

恭司は一言、一言を噛み締めるように口にした後、綜志郎に優しいまなざしを向けた。

綜志郎は溜息をつく。

「俺、先に列車に乗っていても良い？　どうせ、そこの男の話って、兄貴と義姉さんがいれば足りるんだろ？」

綜志郎が尋ねると、恭司は首を横に振った。

「あなたにも伝えたいことがあった」

「俺は、べつに、あんたと話したいことはないけど」

「あなたは、そうかもしれないが、どうか言わせてほしい。――今まで申し訳なかった。生まれてきてくれて、ありがとう」

真緒の頭に、綜志郎の言葉がよみがえる。

『義姉さんの礼は要らない。ぜんぶ終わったら、この男に、今まで申し訳ありませんでした、ありがとうございます、って言わせるから』

真緒と再会したとき、綜志郎は、そう言っていた。

「どういたしまして。……いつか、あんたが死んで、俺を産んだ人に会いに行くときにでも、伝えてくれる？　俺は幸せだって。過去も現在も、未来だって、きっと」

綜志郎は、晴れ晴れとした笑顔を浮かべると、すでに停まっていた列車に乗り込んでいった。決して、振り返ることはなかった。

冷たい夜風が、乗降場に吹き抜ける。

終也と恭司は、互いに言葉を探すように、しばし黙り込んでいた。真緒は、二人に声をかけようとして、すぐに口を閉じた。

恭司は、真緒ではなく、終也の友人なのだ。

先に沈黙を破ったのは、恭司だった。

「友として、お前に話さなくてはならないことがある」

「僕も、あなたの友として、お尋ねしたいことがあります。父様のことを、教えていただけませんか？　あなたの口から、本当のことを教えてほしいのです。あなたが父様を殺したとしても、そうでなかったとしても」

十織綾《りょう》。いまは亡き十織の先代は、落石事故によって命を落としたとされていた。不幸な事故により、命を落としたはずだった。

しかし、恭司は、その死に関与していたことを、ほのめかした。

「俺が殺したようなものだ」

そうして、恭司は語りはじめる。

十織家の先代が、命を落としたときのことを。

◇◆◇◆◇

白牢《はくろう》から花絲に至るまでの道中に、古い宿があった。

囲炉裏《いろり》に吊るされた自在鉤《じざいかぎ》で、ぐつぐつと鍋《なべ》が煮えている。本日の利用客は、恭司と十織綾の二人だけで、宿の主である老人は早々に寝入っていた。

この宿は、恭司と綾が、いつも落ち合う場所だった。

密会をするには、いちばん都合の良い場所だったのだ。

国中を渡り歩く恭司はともかく、綾は、それほど頻繁《ひんぱん》に花絲の街を空《あ》けることはできない。そのうえ、人目を忍んで会うとなれば、おのずと場所は限られてくる。

綾が、二上家の依頼で白牢に赴《おもむ》くときくらいしか、密かに会うことはできなかった。

「あれは、息災《そくさい》か？」

恭司の問いに、綾はゆっくりと瞬きをした。

「綜志郎? 元気ですよ。怪我《けが》も病気もなく。あれ、などと呼ばず、きちんと名前を呼んでください。あなたが名づけたのですから」

「違う。名づけたのは、俺ではなく羽衣だ」

「羽衣姫が?」

「息子が生まれたら、その名にする、と決めていたんだ。……決めるも何も、ふつうに生まれていたら、帝が名づけただろうに」

いくら羽衣が考えたところで、羽衣の希望が通るはずもない。

「なるほど。帝と縁を切り、十織に預けられなければ、別の名前になっていた、ということですね」

恭司の手で、赤子は死産とされ、秘密裏《ひみつり》に十織家に預けられた。帝は、羽衣の子が生きていることを知らずにいる。

「直に、綜志郎などという名は捨てられる。宮中に戻れば、十織で過ごした日々は、なかったことになる」

羽衣が死んだ当時、帝は憔悴《しょうすい》していた。

羽衣を死に至らしめた赤子の存在を知ったら、殺しかねないほどに。

だから、恭司は、生まれた赤子のことを隠した。決して、帝に知られることのないよう十織家に預けたのだ。

帝と赤子の縁を切り、二人が巡り合うことのないよう仕向けた。

時の流れが、いつか帝の心を変えることを願ったのだ。

帝が、羽衣の子を、羽衣を死に至らしめた子ではなく、我が子として慈《いつく》しむことができるまで遠ざけた。

あれから、十五年ほどの歳月が流れた。

今ならば、帝は、羽衣の子を受け入れることができるだろう。羽衣を死に至らしめた赤子ではなく、我が子として慈しむことができるのではないか。

「綜志郎を、宮中に戻す件ですね。今は、お断りします、と言ったら、あなたは、どう思われますか？」

恭司は、一瞬、綾が何を言ったのか理解できなかった。

「もう一度、言ってくれるか？　聞き間違いかもしれん。俺も歳《とし》だからな」

「十分、お若いでしょう？　お断りします、と申しあげました。綜志郎をお返しするのは、今ではないと思います」

「約束は？　俺が、お前に依頼したのは、帝と羽衣の子の縁を切り、しかるべきとき結び直すことだ。もう、十分、羽衣の子は育った。宮中に連れて帰り、帝に会わせるべきだ。

きっと、帝も受け入れることができる」

綾は微笑《ほほえ》んだまま、首を横に振った。

「まだ、我が子を渡すことはできません」

「十織の子ではない。帝の子だ。羽衣の、六久野の子だ」

恭司は拳を握って、床板を強く叩いた。

綾は、恭司の怒気をものともせず、笑みを深めた。

「恭司様。血は水よりも濃い。けれども、情の方が、ずっと濃いでしょう。はじめは薫子さんのために迎えたとしても、綜志郎のことを我が子と思っています。俺の子だ、俺が結んだ縁だ。いまの帝とあなたには返さない、あの子を幸せにできるとは思えません」

「息子ならば、終也がいるだろう?」

帝都にいる学友のことを思う。

母親から拒《こば》まれても、一族から恐れられても、終也は十織の子どもだった。

終也がいるならば、羽衣の子など必要ないだろう。

そんな風に切り捨ててほしかった。恭司は、羽衣の子が、十織家で大切に育てられているとは思いたくなかったのだ。

本当ならば、その子がいるのは十織ではなかったのだから。

「終也のことも大事に思っています。でも、綜志郎の代わりにはできない。誰もが、誰かの代わりになることはできません」

「約束を違《たが》えるのか？」

「あなたが、綜志郎のことを大切にしてくださるのであれば、今すぐにでも、お返ししましたよ。……あなたは、綜志郎のことを憎んでいらっしゃるでしょう？　羽衣姫を死に至らしめた存在として」

「羽衣の子だ。憎むなど」

「憎んでいます。綜志郎ではなく、羽衣姫が生きていたら、と想像したはずです」

「違う。羽衣は死んだ。死んだ女のことを、もし生きていたら、などと想像して、いったい何になる？　そんな不毛なことはしない」

「本当に？　不毛なことをしない、と言いながら、あなたは、いつも喪《うしな》われたものばかり見つめています。そんな人に、現在《いま》を生きている綜志郎を渡すわけにはいきません」

「……っ、俺が、そうだったとしても！　帝は違う」

「あなたに、帝の心が、お分かりになるのでしょうか？　自分の心さえも分からずにいるというのに」

　その後も、決して、綾は譲《ゆず》らなかった。

夜半、恭司は静かに目を覚まして、荷物を抱える。

今すぐにでも、花絲に向かわなければならない。外はひどい雨だったが、恭司は濡れることも構わず、古宿を飛び出した。

もともと、十織綾が、恭司との取引に応じたのは、妻である薫子のためだった。

終也という先祖返《せんぞがえ》り――人の形をしていない赤子を生んだことで、心を痛めた薫子のために、彼女と血の繋《つな》がった赤子を必要としていたのだ。

終也と年子の娘も生まれたが、それでも足りなかった。

綾いわく、薫子には、人の形をした息子が必要だったのだという。

当時の恭司には、薫子の心情を理解することはできなかったが、それで羽衣の子を隠すことができるのならば構わなかった。

そんな風に思っていたことを、今になって後悔《こうかい》する。

まさか、腹を痛めて生んだわけでもない子を、薫子が愛するとは思わなかった。

十織綾は、彼の愛する妻を優先する。恭司との約束を反故《ほご》にしても、羽衣の子を十織家に留めようとする。

（羽衣の子を渡さないというのであれば、薫子様を殺すだけだ）

薫子さえ殺せば、綾が羽衣の子にこだわる理由も消える。そう思いたかった。

恭司は、降りしきる雨のなか、花絲まで急ぐ。

大雨のせいだろう。山肌が削れて、落石しているような箇所もあったが、気にすることなく足を進めた。

宿に残してきた綾が追いかけてくる前に、ことを終わらせなければならない。

「どちらに、向かわれるのですか？」

そう思っていたが、存外、はやくに綾は追いかけてきた。

「問わずとも、分かっているだろうに。先に、約束を反故にしようとしたのは、お前だ。その代償に、何を奪われても文句は言えないだろう？　お前が、妻を理由にして、羽衣の子を渡さないのであれば！　その理由を奪うだけだ」

「薫子さんには、何の罪もありません。すべて俺が勝手にしたことです」

「薫子様は、その勝手に連れてきた子を受け入れて、我が子として愛《いと》しんでしまったのだろう？　それでは困る。あれの母親は羽衣だ」

綾は、一歩、一歩、と恭司のもとに近づいてくる。手を伸ばせば届きそうな距離まで迫ったところで、綾は足を止めた。

「母親は、一人でなければいけませんか？　産みの母も、育ての母も、両方いても構わないでしょう。羽衣姫から、子を取りあげよう、と申しているのではありません」

「嘘をつくな。このまま、羽衣の子を十織に留めるならば、羽衣の存在をなかったことにするのと同じだ」

本当の母について知ることもなく、十織の子どもとして過ごす。

それは、命がけで、あの子どもを産んだ羽衣のことを踏みにじり、その死に砂をかけるようなものだ。

「いいえ、違います。まだ、早い、と。時期ではない、と申しあげているのです。……帝もあなたも、羽衣姫の死を受け入れることができずにいる。そんな状態で、綜志郎を大切にできますか？」

恭司は口を噤《つぐ》んだ。

（どうして、大切にしなくてはならない？　羽衣の命を奪った子だ）

胸のうちに込み上げた感情は、おそらく憎悪であった。恭司自身が、長らく見ないふりをしてきた心が、炙《あぶ》り出されていた。

夜闇のなか、宝石のように美しい綾の瞳が光っている。

その瞳に映っている恭司は、おそらく、憎悪に囚われた恐ろしい顔をしている。恭司はそんな自分を認められなくて、綾に背を向けた。

「恭司様！」

綾の声は、さほど大きなものではなかったが、雨の中でも、はっきりと聞こえた。振り返ることのない恭司の肩を、綾が摑《つか》んだときのことだ。

激しい雨音にまじって、轟音《ごうおん》が響いた。

見あげると、山肌が削《けず》れて、そこにあった数多《あまた》の石が落ちてくる。

恭司は、咄嗟《とっさ》に逃れようとして、間に合わないことを覚った。

頭に血がのぼって、失態をおかした。危険から目を逸《そ》らし、このような悪天候のなか移動したことが間違いだった。

死を覚悟したが、結果的に、恭司は死ぬことはなかった。

恭司の身体《からだ》に覆《おお》い被《かぶ》さるように、綾が飛び込んできたのだ。

恭司は、ほんの少しの間、意識を失った。

気づいたときには、滑り落ちてきた泥と石の中から、綾の手で引きずり出されているところだった。

恭司は、多少の怪我《けが》こそあったが、動けないほどではなかった。代わりに、綾はひどい怪我を負っていた。

「どうして、庇《かば》った？」

綾は血だらけで、困ったように笑う。

「損得勘定《かんじょう》です。俺が生きるよりも、あなたが生きる方が、俺にとって良き未来になる。あなたは、ご自分で思うよりも、ずっと強く、たくさんの縁に結ばれている。情が深く、お優しい証拠だ。……薫子さんたちのこと、よろしくお願いします」

その言葉は、まるで呪いだった。

あの男は、恭司のことを、最期《さいご》まで利用したのだ。

◇◆◇◆◇

恭司はすべてを語り終えると、深々と頭を下げた。

「申し訳なかった。俺が、殺したようなものだ」

恭司の声は震えていた。十織の先代が亡くなってから、長らく、深い後悔を抱えていたことが察せられる。

「それを、殺した、と言うのは無理がありますよ。……ありがとうございます、父様のことを話してくださって。父様は、家族のことを最期まで想ってくれていた。それを知ることができて、良かった、と思います」

終也の顔は、憑《つ》きものが落ちたかのように晴れやかだった。

「憎んではくれないのか？」

「憎みません。でも、このままでは、あなたの気が済まないのでしょうね。あなたは、ご自分が思っているよりも繊細《せんさい》なので」

次の瞬間、終也は拳をふりあげて、思いきり恭司の顔を殴《なぐ》りつけた。

石造りの乗降場に、強かに、恭司の身体が叩きつけられる。

「しゅ、終也？」

突然の暴力に、真緒は竦《すく》みあがった。

終也の細身から繰り出されたとは思えないほど、重たい拳だった。

殴られた恭司は、倒れ込んだまま、何度か咳《せ》き込んだ。口の中を切ったらしく、べったりとした赤い血が、口元に不気味な彩りを添えている。

「これで手打ちにしましょう」

「あいかわらず手加減を知らない」

「あなた相手に、手加減など不要でしょう？　もう一発、要りますか？　それとも、久しぶりに喧嘩《けんか》でもしますか？　お相手しますよ」

「結構だ。お前と本気で喧嘩したら、片方が死ぬまで決着がつかないだろう。それでは困る。……死に急ぐな、と、志信《しのぶ》に言われたからな」

愛する人の言葉を思い出しながら、恭司は目を伏せた。

ここにいるのは、自分の死に時を決めて、そのためだけに生きていた男ではない。

これからの恭司は、己の命を大事にしながら、精一杯、生きてゆくのだろう。いつか、先に地獄に向かった二人に会う日まで、己の命を粗末にしない。

「恭司様は、これから、どうするの？」

「もう宮中や帝都からは離れるべきだからな。しばらく、国中を旅でもしようか。いずれは、外つ国《とくに》に行っても良いかもしれない。羽衣や志信が見ることのできなかったものを、たくさん見て、いつか地獄で会ったときの土産話《みやげばなし》にしたい」

「それも素敵だけど。その前に、羽衣姫様のもとに行ったら？　宮中の外で、眠っているんだよね？」

恭司は、羽衣姫の亡骸《なきがら》を、宮中の外に連れ出したという。恭司だけが、彼女の眠っている土地を知っているはずだ。

「羽衣の眠る場所、か」

「もし、恭司様さえ良かったら、わたしの織った反物《たんもの》を持っていってくれる？　そうしてくれたら嬉しい」

恭司は天涯島《てんがいじま》から戻ったとき、花絲にある十織邸で、真緒の織りあげた反物を手にしている。

黒地に青い糸で薔薇《ばら》を織り出した反物は、亡き羽衣姫への手向《たむ》けとするために、彼が選んだものだった。

「真緒の言うとおり、まずは羽衣姫の眠る土地に向かわれてください。あなたにとっては、必要なことだと思いますよ。たとえ、そこに羽衣姫の魂はなくとも、彼女を悼《いた》むことはできるでしょう？」

終也は微笑《ほほえ》んで、真緒の提案を後押しする。

「夫婦そろって、お節介《せっかい》だな。いや、お前が奥方に毒されたのか」

「真緒に毒されるのなら本望ですよ。あなたの旅が、幸福なものであることを祈ります。また、いつかお会いしましょう」

終也は、地面に倒れた恭司に向かって、そっと手を差し伸べた。

「ああ。また、いつか会おう」

恭司は笑って、差し伸べられた手をとる。

かたく手を握り合った二人には、彼らにしか分からない友愛の情があった。

結局のところ、恭司にとっての真緒は、終也の妻であり、ただの機織でしかなかったのだろう。

それで良い。真緒は、恭司にとって余所者《よそもの》だ。余所者だからこそ、力を貸せることもあった、と思いたい。


京行の列車が、車輪の音を響かせながら走る。

真緒と終也、そして綜志郎を乗せた列車は、瞬きのうちに帝都から遠ざかった。

車窓《しやそう》の外を眺めていた真緒は、ふと、隣にいる終也の手を引く。

「終也。見て、とっても綺麗《きれい》」

帝都を発車したのは夜遅い時間であったが、しばらく走るうちに、ちょうど朝焼けの見える頃となった。

空は、日の出とともに、紫に染まりはじめていた。時間の経過により少しずつ濃淡を変える紫の空は、夢のように美しかった。

「君の言うとおり、とても綺麗ですね」

終也の同意が嬉しくて、真緒は何度も頷《うなず》いた。

真緒一人でも、綺麗なもの、美しいものを見ることはできる。だが、やはり好きな人と一緒に見た方が、一人で見るときの何倍も素敵に感じられる。

「俺、いったい何を見せつけられているわけ？」

真緒たちの向かいに座っている綜志郎は、うんざりした顔になる。

「見せつける？」

綜志郎は眉間《みけん》にしわを寄せた。

「仲が良いのは何よりだけど。俺がいないところで、やってくんない？　花絲まで待てないのかよ。身内のそういうところは見たくないんだけど」

「身内、と。今も、そう思ってくださるのですね。僕のことも真緒のことも」

綜志郎は溜息をつくと、終也から目を逸《そ》らすよう、窓の外に視線を遣《や》った。

「思っているよ。どんな生まれであっても、たとえ十番様《じゅうばんさま》の血が流れていなくとも、俺は、十織家の子どもだ」

「君は、十織綜志郎ではない人生を選ぶこともできました」

末の皇子が生きていたことは、このまま公《おおやけ》になることはない。

羽衣姫の子は、此《こ》の世に生まれることはなかった。臨月のときに死んだ母と、運命を共にした。

それが公に残っている記録であり、後の世に、事実として記されることだった。

「十織綜志郎ではない人生、ね。それに何の価値があるわけ？　俺にとって価値あるものは、もっと別のものだよ。半身のように思える双子の姉も、大事にしてくれる父母も、危なっかしくて心配になる兄夫婦も。ぜんぶ、末の皇子として生きた人生には、いなかったはずだから」

「申し訳ありません。君を試すようなことを訊きました」

「分かりきったことを訊くなよ、腹立つから。……まあ、でも、十織綜志郎ではない自分もいたかもしれないって、知ることができて、良かったのかもしれない。義姉《ねえ》さんの気持ち、今なら少し分かるんだ」

「わたし？」

「家族が増えるのは、良いことだ。義姉さんが、そう教えてくれたんだ。俺には、十織の家族の他に、三人も親がいるわけ。贅沢《ぜいたく》な話。こんなやつ、国中探したって、俺くらいだろう？」

三人の親。帝と羽衣姫、そして恭司のことだ。

「うん。とっても素敵なこと」

「だから、良いんだよ、兄貴。きちんと縁を切ってくれ。この先、俺の存在が、十織や此の国の火種とならないように」

　縁を切る。

　十織の先代が切り、終也が結び直した、帝に繋《つな》がる縁のことだろう。

　真緒は、死者に繋がれていた縁の糸が、どうなるのか知らない。

　知らないが、おそらく、その糸は、十番様の力をもって切らない限り、結ばれたままなのだろう。

　たとえ死んでしまっても、その人が生きていたことは、なかったことにならない。

　結ばれた縁の糸は、いつかの未来で、もう一度、綜志郎の出生にまつわる事件を引き寄せるかもしれない。

「良いのですか？　本当に、ぜんぶ切りますよ」

　ぜんぶ。終也の言葉には、真緒の分からぬ含みがあった。

　しかし、真緒と違って、綜志郎はすべてを理解したらしい。

「良いよ。ぜんぶ切ってくれ。俺の糸は、帝だけじゃなくて、他の二人にも結ばれているんだろ？　あれだけ深い関係を持っていた三人だ。帝だけでは、おかしな話だ」

　真緒は息を呑《の》む。

　綜志郎の糸は、羽衣姫と恭司にも結ばれているのだ。

宝石のように美しい終也の目が、真緒や綜志郎には見えない何かを捉えていた。十番様の末裔《まつえい》として、強い力を持って生まれた終也だからこそ見える縁の糸だった。

「ご安心ください、きちんと切りますよ。たとえ、再び結ばれるようなことがあろうとも、何度だって切ります。君が、二度と、末の皇子としての運命に巻き込まれることのないように」

「綜志郎。本当に、良いの？」

「良いんだよ。たとえ縁が切れても、俺は、自分に十織以外の家族がいたことを知っている。それは、なかったことにはならない。……義姉さんが、俺のことを追いかけてくれたから、そう思えるんだ。ありがとう」

「わたしが、自分勝手に、あなたのことを追いかけたの」

だから、本来、礼を言われるようなことではない。

「なら、義姉さんは、ずっと自分勝手で良いよ。義姉さんの自分勝手が、うちには必要だ。末永く、これからも十織にいてくれよ。兄貴に愛想つかさずに」

「めったなことを言わないでください」

「うわ、そんな怖い声を出すなよ。兄貴が、いつまでも義姉さんのことを大事にしてくれたら、何の問題もないんだから。できるだろ？」

「もちろん。大事にするに決まっているでしょう」

「わたしも、終也のこと大事にするよ」

「なんで義姉さんまで答えるわけ？　義姉さんらしいけどさ」

綜志郎は呆《あき》れたように肩を竦《すく》めた。

やがて、夜通し走っていた列車は、京の駅舎につく。

そのまま京を出て、花絲の街にある十織邸を目指すと、邸《やしき》の門前には、志津香と薫子の姿があった。

帝都から帰ることは、先んじて終也が知らせていた。しかし、到着の時刻までは知らせていなかったはずだ。

まさか、門前で待っているとは思わなかった。

志津香も薫子も、それだけ綜志郎のことを心配していたのだ。

綜志郎の姿を見つけるなり、薫子は涙を浮かべて駆け寄ってきた。彼女は勢いのまま、ほとんどぶつかるように、綜志郎のことを抱きしめる。

綜志郎は、薫子の小さな身体《からだ》を支えながら、その背に腕をまわした。

「ごめん。たくさん心配をかけた」

「いいえ。……っ、いいえ。悪いのは、私よ。ぜんぶ知っていたのに、ずっと隠していたの。あなたに伝える勇気を持てなかった。あなたのことも、旦那様《だんなさま》と私の子と思っているのに。あなたに、そうではない、と言われることが、怖かったのよ」

「ううん、俺が悪いよ。あなたに愛されていると、実の子と同じように大事にしてもらっていると知っていたのに、出ていった。だから、勝手をした俺のことを許さないでほしい。母様」

母様。そう呼んだ綜志郎の声は、ひどく震えていた。

互いの存在を確かめるよう、強く抱き合った母と息子のもとに、志津香が近づく。

「ありがとう。帰ってきてくれて」

志津香は、たくさんの言葉を呑み込んで、そう口にした。その後、自分よりも背の低い母と弟のことを、ふたり一緒に包み込むよう抱きしめた。

彼らは家族だった。

血縁上の関係は違ったとしても、母子として、双子の姉弟として過ごしてきた日々があるのだ。

ふと、志津香が顔をあげて、じっと、真緒たちのことを見る。

真緒は、彼女の視線の意味するところに気づいて、終也の手を取った。

終也は困惑した様子だったが、真緒の手を振り払うことはなかった。真緒は、終也の手を引いて、志津香たちの傍に向かう。

「みんなで家族だもの。終也も、わたしも。だから、抱きしめてくれる？」

終也は恐る恐る、ためらいがちに、真緒を抱きしめた。

それから、その長い腕を、さらに向こうにいる志津香たちまで伸ばした。

終

織物の街、花絲《はないと》。

その街は、花のように美しい織物を織る街として、今日も機織《はたお》りの音を響かせている。

真緒《まお》と終也《しゅうや》は、花絲の街にある、とある甘味処《かんみどころ》にいた。

二人で身を寄せ合うよう、日よけの傘の下につくられた席に座る。

店の中が満席であったので、外にある席に通されたのだが、かえって良かったかもしれない。

(風が気持ち良い。お天気が良いから、ぴったり)

真緒は爽《さわ》やかな風を感じながら、そっと、店の様子を見る。

とても活気があり、雰囲気《ふんいき》の良い店だ。あちらこちらで楽しげな声がして、店のなかにはあたたかい空気が流れている。

はじめての店であるが、また来たい、と思う。次は、義妹の志津香《しづか》と一緒に、姉妹水入らずで来るのも良いかもしれない。

(花絲の街でも、まだまだ知らないところが、たくさんあるんだよね)

平屋に幽閉《ゆうへい》されていた頃に比べたら、真緒の世界は広くなった。しかし、この街のことですら、いまだ知らないことがあるのだ。

「ごゆっくりどうぞ」

給仕の者が、金継《きんつ》ぎの綺麗《きれい》な茶器と、赤い皿に載せられた最中《もなか》を運んでくる。

「可愛《かわい》い。梅の花？」

小さな最中は、梅花を表すような形をしていた。

「こちらの店の名物なのです。本店は、花絲ではなく、別の土地にありまして。その土地では、梅にあやかった物が多いのですよ」

「だから、梅の花の形をした最中なんだね」

梅にあやかった物が多い。もしかしたら、とても綺麗な梅が咲く土地なのかもしれない。いつか、機会があれば、終也と一緒に足を運んでみたい。

「どうぞ、召しあがってください」

真緒は、最中を頬張《ほおば》ってから、目を丸くした。

「甘いけど。ほんのり酸《す》っぱい？」

「餡《あん》に、梅の果肉を混ぜているそうですよ。こういう甘酸っぱいものも、意外と、お好きでしょう？」

「好きだけど、よく分かったね？」

「蜜柑《みかん》を、美味《おい》しそうに食べていたなあ、と思って」

十織《とおり》邸には、毎年、季節になると大量の蜜柑が届く。古くから付き合いのある取引先が、厚意で送ってくるのだという。

幽閉されていた頃は、蜜柑のような果物は、当然、口にすることはなかった。

十織邸で、はじめて蜜柑を食べたとき、掌《てのひら》にのる愛らしい果実に夢中になったものだ。

あまり食べ過ぎると身体《からだ》に悪いから、と、志津香に叱《しか》られるまで、つい、何個も食べてしまったことを思い出す。

「すごく美味しかったから」

「それは良かったです。蜜柑に限らず、何か食べたいものがあれば、いつでも教えてくださいね」

「十織邸で出てくるものは、どれも美味しいから」

「どれも美味しく食べていただけるのは、嬉しいです。でも、特別、好きなものだって、あるはずでしょう？　食べたいものがあれば、ぜひ、口に出してください。家の人たちも喜びますよ」

「あのね、遠慮《えんりょ》していたわけじゃないの。ぜんぶ美味しいと思っているのも、本当のことなの」

「分かっていますよ。君は、そういう望みを伝えることが、苦手なんですよね。他人のことには鋭いのに、自分のことになると鈍いところがある」

「そうかな？」

「僕は、そう思います。とはいえ、僕も、そういった望みを口にすることは、あまり得意ではありません。だから、一緒に練習してくださいますか？」

終也の提案に、真緒は何度もうなずく。

「なら、さっそく練習しても良い？　このあと、まだ一緒にいられる？　終也が忙しいのは知っているけど。せっかく、お出かけしたから、もう少し一緒にいたい」

「もちろん。可愛らしい望みですね」

しばらく話をしてから、二人は甘味処を出る。

「終也？」

ふと、真緒と視線を合わせるように、終也は膝を折る。彼は微笑《ほほえ》んで、真緒に向かって手を差し出した。

「お手をとっても？　可愛いお嬢さん。僕と出かけてくださいますか？」

真緒が嫁《とつ》いだ頃も、同じように目を合わせて、手を差し出してくれたことを思い出す。

幽閉されていたとき、他人の手が怖かった。振りあげられる手は、いつも真緒を打って、虐《しいた》げるものだった。

(でも、終也の手は怖くなかった)

終也が差し出してくれる手は、真緒を新しい場所に連れていってくれた。

「喜んで」

二人は手を繫《つな》ぎ、並んで、花絲の街を歩いた。

かたん、かたん、という機織りの音が響く街は、反物《たんもの》や衣を買いつけにきた客や、遠くからやってきた旅人で賑《にぎ》わっていた。

「本日の格好も、可愛らしいですね。志津香と一緒に選んだのですか？　今朝、志津香と相談していたでしょう」

「志津香から譲《ゆず》ってもらった小袖《こそで》なの」

志津香は、真緒のために、自分の小袖の縫製《ほうせい》を解いて、仕立て直してくれた。

真緒は、家族から何かを譲り受ける、ということに憧れていた。志津香は、その憧れに気づいていたから、大事にしていた小袖を譲ってくれたのだ。

「僕に見せてくださる、と。以前、おっしゃっていましたものね」

終也が憶えていてくれたことが嬉しくて、真緒は何度も頷《うなず》く。

志津香から小袖を譲ってもらったという話をした後、真緒たちは、恭司《きょうじ》を追って、天涯《てんがい》島《じま》に向かった。それから、一連の《火患《ひわずら》い》と帝《みかど》の件に向き合うことになった。

この小袖を纏《まと》い、終也に見せる機会は、今日まで訪れなかった。

「似合っている？」

「良く似合っています。君は何でも似合いますけど、大きく華やかな紋も素敵ですね。これから、その小袖に合うような髪飾りを見に行きませんか？　今日、一緒に出かけた記念に」

「気持ちは嬉しいけど、髪飾り、たくさんあるよ？」

髪飾りに限らず、様々な装飾品を、すでに十分過ぎるほど貰《もら》っている。

「十分あるのだとしても、まだ、たくさん贈りたいのです。君のためというよりも、僕のために。君のことを考えて、君に何かを贈るとき、とても幸せだな、と思うのです」

そこまで言われたら、要らない、とは言えなかった。

たくさん物があることに、いつまでたっても慣れることができずにいるが、終也が贈り物をしてくれることも、彼の気持ちも嬉しくは思っているのだ。

「それなら、わたしも、終也のために何か新しいものを織るね」

髪飾りを置いている店を目指して、二人は人混みのなかを歩く。

雑踏にまぎれて、誰かの声がした。

「もし、そこの御方」

しかし、真緒と終也は、その声が自分たち――終也に向けられているものだとは、つゆとも思わなかったのだ。

「そちらの、とても背の高い殿方《とのがた》！」

白魚のような手が、終也の肩を摑《つか》んだ。

その拍子に、真緒と終也の繋いでいた手が離れてしまう。

そこに立っていたのは、すらりと背の高い、外《と》つ国《くに》風の装《よそお》いの女であった。

足首まで覆《おお》うような丈の長いワンピースに、高い身長を際立《きわだ》たせるような踵《かかと》の高い靴《くつ》を履《は》いている。

つばの長い帽子を被《かぶ》っていても分かるほど、顔立ちのはっきりとした美女であった。すれ違ったら、多くの者たちが見蕩《みと》れてしまうような魅力がある。

「……僕ですか？」

「ええ。良かった、足を止めてくださって」

「足を止めるも何も、無理やり引き止めたのは、あなたでしょう。ご用件は？　知らない御方」

終也は、そっと女の手を振り払うと、一歩踏み出した。真緒のことを背に庇《かば》うように。

「これから、お時間あるかしら？　私、花絲に来るのは、はじめてなの。素敵な街ね。うっとりするような反物も、装飾品も、たくさんあって。どれも目移りしてしまって、選べないの。ぜひ、詳しい方に案内していただきたいわ」

「それは、それは。花絲のことを褒《ほ》めていただけるのは光栄に思いますが、案内ならば、別の者に頼んでください。街中には、余所《よそ》からいらっしゃったお客様向けの案内所もありますよ」

「あなたに案内していただきたいのよ。さっき、あなたを見たとき、びびっと来たの。まるで雷が落ちたみたいに」

女は、にこにこと笑いながら、再び、終也に向かって手を伸ばした。

咄嗟《とっさ》に、真緒は飛び出していた。知らない女性の手が、これ以上、終也に触れることが嫌だった。

そうしたことで、女は、はじめて真緒の存在に気づいたらしい。今までは、文字どおり終也のことしか目に入っていなかったのだ。

「まあ。可愛らしい、お嬢さん。妹さんかしら？　ごめんなさいね。あなたのお兄様は、これから、私のことを案内してくださるのよ。でも、良いでしょう？　いつも一緒にいるのなら、私に譲ってくださっても」

終也は溜息をつくと、そっと、真緒の肩を抱く。

「申し訳ありませんが、妻と出かけているところなので、あなたを案内することはできません。行きましょう」

「しゅ、終也。あの……」

「そう。しゅうや、というのね。どんな字を書かれるの？」

「お教えする必要性を感じません」

「つれないことを、おっしゃらないで。名前って、その人と仲良くなるために、とっても重要なものでしょう？　私、あなたと仲良くなりたいの」

「僕は、初対面の女性と仲良くしたいとは思いません」

「もう初対面ではないわ、こうして出逢《であ》ったもの。しゅうや。どんな字かしら？　集めるに弓矢の矢とか？　それとも秀でるに夜？　ああ、こちらの領主様と同じように、終わりに也という字かしら」

真緒は小さく息を呑《の》む。

彼女は、終也が誰なのか分かったうえで訊いているのか。それとも、偶然、領主と同じ響きを持つ男に、領主の字を宛《あ》てたのか。

「お答えしません。二度と、お会いすることはありませんから」

「いいえ。きっと、また、お会いすることになる。私、こういう勘は、生まれてこのかた外したことがないのよ」

「勘ではなく、ただの思い込みでは？　失礼します」

真緒の肩を抱いたまま、終也は女に背を向ける。

「またね、しゅうやさん！」

終也は、背後から聞こえた声に反応することはなかった。真緒の方が、気になって、後ろを振り返ってしまう。

女は、真緒に向かって、優しそうな顔で微笑んだ。

しかし、真緒には、その笑みが得体のしれない、恐ろしいものに感じられた。微笑んでいるのに、目の奥は笑っていなかった。

かつて、真緒を虐《しいた》げた叔母《おば》や祖父母のように、その目は真緒を蔑《さげす》んでいる。

「真緒。相手にしなくて、けっこうです。もう二度とお会いすることのない方でしょうから」

「終也のことを、知っていたのかも」

「そうだとしても、そうでなかったとしても興味ありません。もう、あの女性のことは良いでしょう？　せっかく二人で一緒にいるのです。他人のことよりも、僕のことを考えてください」

終也の言うとおりだった。

あの女性のことは気になったが、いま隣にいる終也のことを蔑《ないがし》ろにしてまで考えることではない。

（でも、どうしてだろう？　すごく胸が騒ぐ）

彼女のことを、このまま忘れてしまっても良いのだろうか。

「これ以上、あの女性のことを気にされるのであれば、いつもならば、人前ではしないようなことをします」

「え」

「具体的には……」

いくら鈍い真緒でも、終也が何をしようとしているのか察してしまった。嫌なわけではない。むしろ嬉しいくらいだったが、二人きりのときにしてほしかった。

「ごめんね。一緒にいるのに、他の人のことを考えて」

「余所見《よそみ》しないでください。もっと、たくさん、僕のことを考えてください。……僕は、いつだって君のことで、頭がいっぱいなのに」

終也は拗《す》ねたように零《こぼ》した。

その顔が可愛《かわい》らしくて、思わず、笑みが零れてしまった。

この場に、義妹や義弟がいたら、呆《あき》れたように溜息をつくかもしれないが、真緒には、どんな終也も好ましく映ってしまう。

「わたしも、いつも終也のことでいっぱいだよ」

真緒のいちばん好きな人。

誰よりも大切にしたくて、誰よりも幸せになってほしい人だった。

◇◆◇◆◇

その夜。暗がりのなか、真緒は織り機を動かしていた。

今宵《こよい》は雲が少ないので、月も星も、はっきりと見える。工房の戸を開いておけば、真緒にとっては、十分過ぎるほど光が差し込んでくるのだ。

真緒の目は特別なものだから、ほんのわずかな月明かり、星明かりでも、手元が見える。

見えるとはいえ、普段ならばオイルランプくらいは点けるのだが、今夜はランプを点ける気が起きなかった。

「やっぱり、まだ起きていたのですね。あまり根を詰めすぎないように。心配になりますから」

夜中まで織っている真緒のもとに、終也が現れる。

先に休んでいると思ったのだが、どうやら違ったらしい。夫婦の部屋で、真緒が来るのを、起きて待っていてくれたのかもしれない。

「ごめんね。心配をかけたくはないんだけど、心配してくれるのは、すごく嬉しい。そう言ったら、怒る?」

「怒りません。でも何度も心配です、と言うと思います。僕は機織《はたお》りとしての君のことも大好きなので、難しいところですけど。隣に行っても、よろしいですか?」

「もちろん。お話しする?」

「ぜひ」

暗がりでは、きっと終也は何も見えないだろう。だから、真緒は織り機から離れて、戸口に立っている終也の手を引いた。

「はじめて会ったときのことを思い出すね」

「閉じ込められていた君のもとに、僕が迷い込んだ夜のことですか?」

あの夜のことを、生涯《しょうがい》、真緒は忘れることはない。

星々の光のように煌《きら》めく、美しい蜘蛛《くも》の糸があった。あの糸に出逢わなければ、いまの真緒はいなかった。

「あの夜、終也に会えて良かった。つらい思いをしたあなたに、そう言っても良いのか分からないけれど」

真緒の幽閉《ゆうへい》されていた平屋に、終也が迷い込んできたのは、十織の先代が亡くなったときのことだ。

帝都にいた終也は、先代の死によって、花絲に呼び戻された。そうして、先代の死を嘆《なげ》き、弱っていた薫子《かおるこ》の手で、殺されかけたのだ。

母親の凶行に傷ついた終也は、蜘蛛の姿となり、あてもなく彷徨《さまよ》った。

その果てに、真緒の閉じ込められている平屋に迷い込んだ。

「僕も、君に会えて良かった、と思います。過去も現在も、未来も。切り離せるものではなく、繋《つな》がっているのでしょう？　君が、ぜんぶの僕を抱きしめてあげたい、と言ってくれたことが嬉しかったのです」

「今も思っているよ。ぜんぶ抱きしめてあげたいって」

「ありがとうございます。君に出逢うことのできなかった僕は、きっと恐ろしい化け物になっていたでしょう」

「そうかな。終也は優しいから、わたしと同じことを言う人がいたかもしれない。終也にも、きっと運命の人がいた」

その人には、その人に与えられた縁がある。

ふつうに暮らしていたら、死ぬまで切れることのない、その人の行く末に絡みついた糸があるのだ。

無数の糸は、たくさんの人間に結ばれる。人の世で生きている限り、親子としての縁、友人としての縁、他にも多くの縁が与えられている。

真緒が、その縁のなかでも、強く意識しているのは、いずれ恋をする相手として、夫婦として結ばれる縁の糸だった。

誰しも、いつか巡り合うはずの運命の相手がいるのだ。

本来、真緒の糸は、終也とは別の男——七伏智弦《ななふしちづる》に結ばれていた。

(それは、きっと、終也も同じだった)

終也は、真緒に繋がれた縁を切って、自分と結びつけた。

自分に繋がれていた縁を切って、真緒と結んだという意味でもあるのだ。

今まで思い至ることはなかったが、終也と結ばれるべき相手は、真緒とは別の人であった。

真緒たちは、互いに運命の相手ではなかった。

「でもね。わたし、終也の運命の相手が現れても、ぜったいに、あなたを諦めない。わたしは、あなたの運命ではなかったけど、あなたの運命でありたいから」

たとえ運命でなかったとしても、この人の運命でありたい。

神様の力によって歪められた縁だったとしても、終也の隣で、誰よりも彼のことを想っているのは真緒だ。

「だから、ここに帰ってくることができて、あなたの隣に戻ることができて、すごく嬉しいの」

「そこまでにしてください。それ以上を言うのは、君ではなく、僕の方でしょうから。まだ、きちんと、お伝えしていなかったですね。真っ先に言うと約束していたのに」

終也は、真緒の手を放すと、真緒と向き合うように立った。そのまま真緒と目を合わせるように、長い膝を折る。

「おかえりなさい、真緒」

おかえりなさい。そう言われて、真緒はあらためて、十織家こそ自分の帰る家なのだと思った。

真緒の頬《ほお》を、透明な涙が伝った。

悲しみや苦しみの涙ではなかった。嬉しくて幸せなときも涙が流れることを、いまの真緒は知っている。

「ただいま、終也。たくさん勝手なことをしたわたしでも、おかえりなさい、って言ってくれるの？」

「君のそれは、勝手とは言わないのですよ。もちろん嫉妬《しっと》もありますけど、僕は、誰かの幸福を祈ることができる君を誇りに思います。帰ってきてくれて、ありがとうございます。

――そして、あらためて、お願いがあります」

「お願い？」

真緒は気づいていなかったが、終也は片手に衣を抱えていたらしい。彼はその衣を広げてみせてくれる。

鮮やかな赤い地に、四季折々の花々が躍っていた。

彼の手にあったのは、かつて真緒が織った反物《たんもの》から仕立てた色打掛《いろうちかけ》だった。平屋に閉じ込められていたとき、婚礼衣裳を仕立てるために織っていたものである。

「僕の機織さん。僕と結婚してくださいますか？」

終也は、ふわり、と、真緒の身体《からだ》に色打掛をかけた。

返事の代わりに、真緒は泣きながら、終也に手を伸ばした。もう二度と離れ離れになることのないように、強く、ぎゅっと抱きつく。

かつて、暗がりに輝く糸を摑《つか》んだ夜のように。

何処《どこ》にも行けず幽閉されていた自分にも、帰る場所がある。

あの夜、星々の光のように美しい糸を摑んだ子どもに、交わした約束を胸に織り続けていた娘に、教えてあげたかった。

いつか、その糸の結んでくれる縁が、あなたを幸福にする。

愛する人の腕に抱かれて、優しい夢を見る日が待っている、と。

あとがき

東堂燦《とうどうさん》と申します。

はじめましての方も、お久しぶりの方も、この度は『十番様《じゅうばんさま》の縁結《えんむす》び』を読んでくださり、ありがとうございます。

二〇二二年四月から始まった『十番様の縁結び』は、皆様の応援のおかげで、第一幕の幕を下ろすことができました。

とても幸せなことに、物語は第二幕に続きます。

よろしければ、今後もお付き合いいただけると嬉しいです。

第二幕の御縁をいただいたことも、そうなのですが。

十番様は、企画の立ち上げから今日に至るまで、たくさんの幸せな御縁に恵まれた物語だな、と思います。

もともと、この世界観の始まりは、二〇二一年にWeb連載した『蝶々心中《ちょうちょうしんじゅう》』『青虫地《あおむしじ》獄《ごく》』（※十番様⑤収録）という二編の物語でした。

未来視の一族に生まれた男女の対《つい》となる恋物語。

連載当時は新しいことに繋《つな》がると思っていなかったのですが、『蝶々心中』『青虫地獄』を応援してくださった皆様のおかげで、同世界観の物語を書くことになりました。

その物語が『十番様の縁結び』になります。

シリーズが続くなか、重版やコミカライズの御縁もいただきました。

他家の物語として、Ｗｅｂ短編や『百番様《ひやくばんさま》の花嫁御寮《はなよめごりよう》（二〇二四年五月刊）』を書くこともできました。

本当に、たくさんの幸せな御縁に恵まれたと思います。

今後も御縁に感謝しながら、精一杯、書かせていただきます。


最後になりましたが、御礼を。

いつも応援してくださる読者の皆様。

世界の何処《どこ》かで、きっと誰かが読んでくれている、と信じることができたのは、あたたかい御言葉をくださった皆様、そっと見守ってくださった皆様のおかげです。

ありがとうございました。

愛のある物語が好きです。苦しみや痛みのなかにも、優しいもの、美しいものがありますように、と祈りながら、これからも書き続けます。皆様の日々に寄り添うことのできる物語であれば、嬉しく思います。

叶うならば、物語を通して、またお会いできますように。

イラストレーターの白谷《しろや》ゆう様。

この世界観の物語は、たくさん白谷様に支えていただいております。数年ぶりに、一緒に御仕事ができて光栄でした。いつも華やかで美しい絵をありがとうございます。今後もよろしくお願いします。

関係者の皆様。

いつも優しく寄り添ってくださった編集M様、明るく親身になってくださる編集Y様、お世話になっている編集部様、デザイナー様をはじめとした物語に関わってくださった全ての方々に御礼申しあげます。

二〇二四年五月　東堂　燦

※この作品はフィクションです。実在の人物・団体・事件などにはいっさい関係ありません。

集英社オレンジ文庫をお買い上げいただき、ありがとうございます。
ご意見・ご感想をお待ちしております。

● あて先
〒101-8050　東京都千代田区一ツ橋2-5-10
集英社オレンジ文庫編集部 気付
東堂　燦先生

十番様の縁結び　6

神在花嫁綺譚

集英社
オレンジ文庫

2024年6月25日　第1刷発行

著　者　東堂　燦
発行者　今井孝昭
発行所　株式会社集英社
〒101-8050東京都千代田区一ツ橋2-5-10
電話【編集部】03-3230-6352
【読者係】03-3230-6080
【販売部】03-3230-6393（書店専用）
印刷所　図書印刷株式会社

ISBN 978-4-08-680561-2 C0193